代号：马塔角行动

B-29

轰炸日本，从新津机场起飞

周明生 著

中国文史出版社
CHINA CULTURAL AND HISTORICAL PRESS

图书在版编目（CIP）数据

代号：马塔角行动：B–29轰炸日本，从新津机场起飞 / 周明生著 . — 北京：中国文史出版社，2019.5

ISBN 978–7–5205–1095–0

Ⅰ . ①代…　Ⅱ . ①周…　Ⅲ . ①纪实文学—中国—当代
Ⅳ . ①I25

中国版本图书馆CIP数据核字（2019）第083617号

责任编辑：张春霞

出版发行：**中国文史出版社**

社　　址：北京市海淀区西八里庄69号院　邮编：100142

电　　话：010-81136606　81136602　81136603（发行部）

传　　真：010-81136655

印　　装：廊坊市海涛印刷有限公司

经　　销：全国新华书店

开　　本：710mm×1010mm　1/16

印　　张：14.5　字数：180千字

版　　次：2019年6月第1版

印　　次：2019年6月第1次印刷

定　　价：49.80元

谢谢你们为赢得战争，从而拯救世界所做出的一切！

——美国著名历史学家史蒂芬·安布罗斯生前采访"二战"老兵所重复的话

序　言

再现那段岁月峥嵘

田闻一

山不在高，有仙则名。

水不在深，有龙则灵。

离成都不过30多公里的新津，是个幅员不过330平方公里的小县，然而不可小觑。从经济上看，这个小县现今的经济实力，在全省居于第一梯队，殊为不易。从历史上看，像新津这样的小县、袖珍县，大都在历史长河的淘汰、冲积中被淘汰或并入附近大县。新津不仅没有，而是愈益显示出强大、青葱的生命力。

这自有它的道理。

天府之国四川，作为精髓，水旱从人、岁无饥馑的县，不过是温（江）郫（县）崇（州）新（新津、新都、新繁）灌（县，如今的都江堰市）等几个"上县"，新津不仅位列其中，更重要的是它的战略位置

极为重要，是成都的南部锁匙、咽喉之地。

有言，"走遍天下路，难过新津渡。"20世纪50年代中期之前，一桥飞架南北，将三水相隔同属一县的这边的五津镇与那边的县城连接起来的新津大桥还在纸上时，我在五津小学发蒙读书，印象之深刻，至今记忆犹新。

极其重要的川藏公路穿过傍江而立，只有一条窄窄长长的独街，长达两三华里相当繁荣的古镇五津。五津镇旁边有座新津机场——这可是第二次世界大战中，中美两国费时经年，抢修出来的当时远东最大的一座军用机场，占地1万余亩。当年，美军的超级空中堡垒——巨无霸B-29大型战略轰炸机，就是从这里起飞，夜以继日跨海轰炸日本。那时，新津机场已经没有了当年的威势，转为民用机场，分为成都、双流、新津三段。尽管如此，新津这一段因为有为国家培养民航飞行员机场，使得五津镇不同凡响。

那时，一桥飞架南北，将三水相隔的五津镇和县城连接在一起的大桥最多还在纸上，南来北往的车辆行人，都得连过三水；要在三水之间的码头停顿换船，费时费力。倘若到了七八月间洪汛期间，横亘在三水之间的几个青葱小岛，连带岛上码头，顿时被洪水淹没，三水汇积的下游，更是呈洪荒吞吐之势，两岸顿时断航断行。

五津这边，每天源源开往西藏的军车，不得不在窄窄长长、万瓦鳞鳞、浸透历史风云的古镇独街的一边停靠下来，沿街一直排出镇外，溯来时方向，烟云般飘去、飘没。

而从新津机场起飞的教练机却不受阻隔，一架架银白色教练机，在新津、五津形成的"金三角"上空骄傲地翱翔。

隔阻在两岸，焦急等待或问询何时开船的人们，每天都不得不朝宝资山（史称修觉山）翘首以望。

　　隔着一条生性很静的南河，与县城相望的是一抹平地凸起的青葱山峦——长秋山脉。它溯南河而上，纵横百里，一直走进邛崃名胜天台山，而排在头里的宝资山，像是在一片汪洋中兀地矗立的一只金瓶，又像一个从汪洋中飘然而起、古装清丽脱俗的美女。人们翘首以望的山顶上那座红柱青瓦的六角亭，就是美女头上的桂冠。从六角亭上垂下的一串大红灯笼，很有讲究：大红灯笼的垂上垂下，代表着洪水的大小以及是否开船，烟云苍茫中，少小的我，觉出有种从连环画上看来的梁红玉击鼓抗金的苍劲。

　　有些乍到新津的旅行家，看到这番景致，啧啧赞叹，将新津喻作"小金陵"。

　　新津山川形胜钟灵毓秀，五河汇聚。初唐四杰之首王勃，在这里留下名句："城阙辅三秦，风烟望五津。海内存知己，天涯若比邻。"李白、杜甫、温庭筠、苏辙、陆游、范成大等，也都在这里留有名诗名句。

　　宝资山，像是一把神奇的钥匙，又是一个至今未解的历史之谜：往前，沿滔滔岷江而下，不出百里，进入眉山，这里出了在唐宋八大家中占了三席的苏洵、苏轼、苏辙父子三人，尤其苏轼了得；而折过身来，溯南河而上，不过百里，就是严君平故里。严君平是著名的学者、道学家、教育家，特别精通易经八卦。他著的《老子指归》，是老子学中不可或缺的经典著作。当年，严君平在成都一条靠近锦江的小街上，定时定点，不论来人贫富，一视同仁，为人摸骨看相算命。后人为纪念他，成都至今有条以他名字命名的"君平街"。在他生命的最后20年，闭馆到成都与都江堰都是相隔30多公里，就像太极图中，那条白鱼与黑鱼的交叉点上，一处平地兀起，叫新胜的地方建读书台收生讲课。在那里，他教出了扬雄这样的一代千秋大家。

快要走出新津地界时，傍南河，长秋山脉突然出现一个跌宕，出现了一个势若绽开的莲花的地方。这里，李花、梨花盛开时漫山遍野，洁白如雪，蔚为壮观。此处有初建于宋代的观音寺，寺中有极美极珍贵的明代成化年间的大型壁画《飘海观音》，被著名美学家王朝闻誉为"东方维纳斯"，是国家定的重点文物保护单位。

也就是在这里，走出了北宋名臣张商英、兄长张唐英、侄子张庭坚"一门三进士"。

新津这个地方名人辈出：有辛亥革命的草根英雄，关键时期牵一发动全身，九地袍哥领袖，最后悲壮牺牲的侯宝斋；有20世纪30年代脱颖而出的著名民族资本家、爱国人士蓝耀衢；有改革初期脱颖而出的民营企业家刘永好等四兄弟……当时，国务委员宋健来此视察后，把新津赞誉为民营企业的发祥地、基地。

我父亲是新津人，老家是在当时离县城8里的顺江乡吴店子（镇）下二里的田巷子。

父亲12岁时，跟随年龄上足可做他母亲的大姐离开老家，上了省城成都，分别在成都、南京、上海接受了最好的小学、初中、高中教育，然后又以优异成绩考上成都的教会大学——华西协和大学中文系。

中华人民共和国成立后，父亲大学毕业，有了一个很好的工作。可结了婚、成家立业的父亲，却舍近求远，去了北方一所大学当老师，而不是新津人的母亲，在冥冥中顶替了父亲来到新津，先在五津小学当老师，过后调到一所极富川西农村韵味的农村完小——龙马中心小学当校长。反复折腾中，不是新津人的母亲，把她的一生都献给了新津。

至今记得，6岁的我，离开成都，跟着母亲去她执教的五津小学时见到新津机场的震撼。

那时的成都，古色古香，远没有今天这样庞大、繁华。我们乘坐的公共汽车，刚刚离开天下闻名、红墙围绕，杜甫诗中"丞相祠堂何处寻，锦官城外柏森森"的诸葛武侯祠，就把成都甩在身后了，展现在眼前的是如诗如画的成都大平原。我第一次出远门，很是兴奋。汽车行驶在川藏公路上，放眼望去，一望无边、二望无际的肥沃富庶的成都大平原上，公路两边不时闪出小桥、流水、人家。一轮红日冉冉升起，我眼中不断往后退去的大平原，绿色为底，五彩斑斓，就像一个不断在眼前旋转、后退，瑰丽无比的大花转盘。

公路左边，忽然闪出一抹清秀山峦，与同行的川藏公路并行，相互映衬，如影随形。牧马山——很会讲故事的母亲指着这山告诉我这山的原委：刘备在诸葛亮辅佐下建立蜀国，与魏、吴形成三国鼎立之势初期，藏军势大，一部越过了传统意义上藏汉分界的打箭炉（今康定），抵达成都平原的西端桥头堡——那座因卓文君与司马相如上演了一场轰轰烈烈爱情浪漫剧而天下闻名、传诸久远的临邛（现邛崃市）桥西；更有一部甚至抵达了与蜀国首都成都近在咫尺的牧马山（那时不叫牧马山），对成都鹰视狼顾。

卧榻之旁，岂容他人酣睡。羽扇纶巾、足智多谋近乎仙的蜀相诸葛亮要山上藏军退一箭之地。藏军首领一是畏惧诸葛亮，二是想一箭之地再远又能远到哪里去，就答应了。双方约期射箭。届时，五虎上将赵云拉满神弓，箭呼的一声射出，穿云而去。双方一起寻箭，一直寻过大渡河、寻到打箭炉才寻到，只见那座与终年白雪皑皑的折多山相对，把打箭炉前拥后抱在怀中的大山顶上，赵云射出的箭插在顶端岩石上，威风凛凛。其实，就在赵云约期射箭之时，镇守打箭炉的蜀将郭达，得到诸葛亮密令，要他如此如此，藏军只好大步后退，一直退过了折多山。以后打箭炉那山，被诸葛亮命名为郭达山。

藏军退出的，与成都近在咫尺的山，在平原上看是山，上得山来却

又很平；向西而去，纵横百里，势若一匹揭蹄而去的青骢骏马，又像一条兀地腾起的青龙，直到新津五津镇，面临滔滔岷江，神骏这才嘶鸣立起而止，青龙入江而去。

解放了的那座水草丰茂、风光绝美的山，成了蜀国最好的军马养殖场和皇室踏青游玩好去处。刘备请丞相为此山取个名，"牧马山"——诸葛亮随口就来，这个地名一直沿袭至今。

公路一转，一个巨大的机场霍然显现眼前。母亲告诉我，这就是新津机场，也是由此而起，到五津古镇止，纵横百里，是第二次世界大战期间远东最大的一座军用机场，在"二战"中发挥了巨大作用，为打击日军、埋葬日本法西斯，做出了不可磨灭的历史贡献。

在五津小学读书期间，我近距离地、多方面地感受了这个机场，留下了童年时期的许多欢乐和文学想象。

当时，五津机场，每个星期六晚上都放露天电影。20世纪50年代末期，能看一场露天电影，可谓奢侈。可是，机场重地，不是每个人想去看就能去的，母亲他们老师要去，也要经过有关方面批准。我在五津机场看的第一场电影叫《牧鹅少年马季》，是部外国片。那晚，我们一群小伙伴，把一处机场与五津镇象征性隔开的竹篱笆拆开一个洞，狗似的钻进去。电影一完，机场保卫人员很容易地将我们几个小淘气悉数拿获，吓得我打抖。不过，他们并没有把我们送到一听就吓得不行的镇派出所去，而是和颜悦色教育了我们几句，还一人发了两颗"玻璃纸"（当时，塑料还不普及，人们把透光的塑料薄膜形象地称为玻璃纸）包着的水果糖。我剥开五颜六色的玻璃纸，对着太阳看大体透明的糖和完全透明的纸。这时，我的小学班主任，最会教书的刘明君老师一段话不禁闪现在脑海中："台湾糖，亮晶晶，包在嘴里甜在心，甲午一战清军败，从此台湾归日本。"亮晶晶！多么美好多么形象生动、简洁透明的文学语言，从此永驻我心。

在新津机场末尾临江，完全荒废了的机场上，长满了齐腰深的青草，江风拂来，婆娑起舞，隐约可见放牧其间的牛、羊还有马，这就是我想象中的蒙古大草原了。从草原上望出去，蓝色的天幕下，牧马山宝峰寺兀立，满山青翠中，隐隐露出两个丰满乳峰似的山头。整体看去，平原尽头的牧马山宝峰寺，就像一个健壮的农妇，在远方，向我高扬着手臂。

那里是我的乐园。我曾经多次漫游在这片神秘园中时，不经意间吓一大跳：一个个暗堡突然出现在眼前，暗堡上巧妙分布着青苔密布的长方形的机枪眼，就像阴鸷的眼睛，躲在地堡后恶狠狠地打量我。让我在悚然一惊中想起，这里曾是军事重地、禁地。1949年底，退守成都，原想与解放军打一场成都决战，主要是打给美国为首的西方世界看的蒋介石，他准备打之后，将部队收缩集中，沿川藏公路有序退往康藏地区，沿途对跟进的人民解放军做迭次有效打击，以空间换时间。因方方面面的原因，蒋介石的如意算盘被顷刻间砸碎。蒋介石毕竟老奸巨猾，最后时刻，为了躲避、转移中共地下武装对他的追踪、突袭，他用他人做替身，假意在新津机场起飞；而第二天——1949年12月10日，逃脱了打击的蒋介石，在成都凤凰山机场，对匆匆赶来的左膀右臂胡宗南、王陵基做了嘱托后，和儿子蒋经国一起匆匆上了中美号专机。两个小时后，中美号专机飞出了茫茫的中国大陆，从此，蒋氏父子再没有踏上大陆一步。历史，在这里打了一个庄严的句号，而蒋介石的所有大员及战略物资、金银财宝，都是经新津机场源源不断运往台湾的。

这些，我都写进了我的《蒋介石在大陆的最后日子》一书中。

这座当时远东最大的军用机场创造了不少人间奇迹，20万川西农民，人拉肩扛，夜以继日劳作，艰苦之至，可歌可泣。比如，没有碾压飞机

跑道的现代化压路机，成百上千的民工，纤夫拉纤似的弓腰挽绳用劲，成百上千汉子一声吼，大地也要抖三抖。他们拉着小山似的、重达数吨的石磙朝前碾压，硬是碾压出了完全合格、可以经受重达数十吨的载满了炸弹前去轰炸日本的美国 B-29 重型轰炸机起飞、降落的飞机跑道。

新津机场的建成，大大降低了满载军用物资，从印度加尔各答起飞，经驼峰航线，到昆明降落的美国大型运输机的航程和危险度。当时，日本近乎困死了中国，切断了中国与外界交往的唯一一条国际公路——中缅公路。囤积在印度加尔各答的大批国际援华军用物资，只能靠美国大型运输机装载，在极其恶劣的气象条件和万般险峻中，飞越世界最高峰喜马拉雅山，在呈驼峰状的航线中，飞越世界屋脊西藏无数凶险万端的高山险谷。当时通信落后、完全谈不上导航，飞机驾驶员只能靠飞行员目测飞行，死亡坠机每时每刻都在发生。整个抗战期间，美国飞机在飞越驼峰航线时究竟摔了多少架飞机，死了多少飞行员，没有人说得清楚。据载，大约摔了 700 余架飞机，这有多么可怕！假如我们今天用现代化的导航、现代化的飞机沿驼峰航线飞行，没有一点问题。就曾有飞行员沿线飞去，天气晴好之时，可以看到下面，雪山顶上或是高山险谷间，沿途都是摔碎的美国大型运输机残骸，在阳光照耀下，一路上撒去的银白色飞机残骸，闪闪发光，就是一条标示的原先的死亡路标，相当令人惊骇。而新津机场的建立，尽可能地缩短了航程和飞行风险。

新津机场最大的功勋、贡献是轰炸日本！

当时，这些新津机场的美国大兵，往往第二天就要驾机去轰炸日本了，头天晚上也不好好休息，唱歌、跳舞、喝酒。有的人不理解，认为美国大兵总是吊儿郎当，无组织无纪律。其实并非如此。战争残酷！这些美国大兵知道，明天他们一早驾机出去，跨海轰炸日本，能不能回来都难说。这是他们用欢乐代替心中的担忧，甚至恐惧。事实确实如此。他们中，好些人这一去，就再也没有回来。有的虽然回来了，但飞机巨大的双翼，被日本兵的高射炮弹打得千疮百孔，窟窿之大之多！有的窟窿大得能放下一只农家簸箕，甚至可以放下一张中等方桌……他们是竭力支撑驾驶着这些遍体鳞伤的巨大轰炸机，顶着一轮如血的残阳，摇摇摆摆、晃晃悠悠，挣扎着从死亡线上飞回新津机场的。

然而，尽管这么多年，我一直关注、关心新津机场的前世今生，但并没有下过功夫，因而，我心中的五津机场是支离破碎的。好在新津作家周明生下了大功夫，写出这本书，填补了一个历史空白。

书中，他集中艺术生动地展示了从 1944 年 6 月至 1945 年元月，美军陆军第 20 航空队如何轰炸日本。作家在重现那段峥嵘岁月的同时，订正了一个流传已久的错误，即当年驻扎在新津机场的并非美军陈纳德将军的"飞虎队"（第 14 航空队），而是被美国人称为"马塔角行动"勇士的美军第 20 航空队及其下属的 58 联队。

我相信，广大读者都可以从这本书中得到需要的东西，受到震撼。

是为序。

2019 年 3 月 16 日于成都狮子山

目 录
Contents

1

第一章　震撼世界的 11 天

伟大的科学家爱因斯坦说过："地球上的和平是一切事业中最伟大的事业。"

和平是人类的永恒追求和普遍愿望。1944 年，正是第二次世界大战最为艰苦卓绝、最为残酷惨烈的一年，美、英、中、苏等同盟国为了赢得世界反法西斯战争的胜利，为了争取全球的和平，正与德、日、意轴心国在欧洲战场、中国战场和太平洋战场进行着殊死的搏斗。

这一年，中国抗日战场的形势极为严峻。从 4 月中旬起，侵华日军为了摧毁中国人的抗战意志和信心，发动了野心勃勃的"一号作战"，接连发起平汉、粤汉、湘桂铁路战役，进而打通了大陆交通线，攻占了一些美国在华空军基地，妄图消除对其本土的轰炸威胁。中国国民政府军队由于战略上的指导失误，加上支援滇缅作战，主力和预备队配置不当，到了年底竟丧失大小城市 146 座，损失兵员 50 万至 60 万人。日军后方由于分散了兵力，反倒为中国军队的反攻提供了条件。共产党所领导的八路军在日军防务空虚的华北一带开始局部反攻，连续收复失地。

但是，时光毕竟进入了 1944 年 6 月，距离次年 5 月 8 日第二次世界大战欧洲的胜利日只剩下 11 个月了。

1944 年 6 月 6 日至 16 日，在短短的 11 天中，发生了三件令后世研究"二战"史的史家津津乐道的大事，因为它直接改变了第二次世界大战的进程，其影响十分深远。

6月6日，对于"二战"时的欧洲战场而言，是最具有决定意义的一天。6时30分，美英盟军精心策划准备了4年之久的"霸王行动"（Operation Overlord）终于拉开了序幕，人类历史上最大规模的两栖登陆战役打响了。

在登陆前，渡过英吉利海峡的"D"日（登陆日）的军队主要部署在英格兰南部沿海地区，盟军采取了严格的保密措施，通过在英国东南部伪装部队及船只的集结、海军空军的佯动、双重特工、电子干扰等种种手段，对德军统帅部成功地实施了战略欺骗，保障了登陆作战的突然性。诺曼底登陆的头天晚上，美国第82空降师和第101空降师、英国第6空降师，按计划投入了空降作战，突如其来的空中轰炸摧毁了交通枢纽、桥梁、海滩通路和德军的炮兵阵地，为登陆的胜利创造了条件。盟军共集结了多达288万人的部队投入作战：包括23个步兵师、10个装甲师、3个空降师，共约153万人的36个陆军师；13艘战列舰、47艘巡洋舰、134艘驱逐舰在内的1200艘战斗舰只，4126艘登陆舰艇，海军投入作战的军舰总共约5300艘，这还不包括5000余艘运输船；5800架轰炸机、4900架战斗机、3000架运输机滑翔机，空军参与作战的飞机总共13700架。

但盟军的损失也极其惨重，仅美国、英国、加拿大即有45000人阵亡，173000人受伤或失踪。诺曼底登陆争夺最为激烈的是奥马哈海滩，盟军在奥马哈滩头遭受重创，仅此一处即阵亡了2500人，因此又称"血腥奥马哈"。斯皮尔伯格导演的享誉世界的战争片《拯救大兵瑞恩》，一开场就是"攻克奥马哈海滩"，D日登陆战的激烈和残酷确实令人震撼。时任盟军最高司令官的艾森豪威尔在诺曼底登陆后说："毫无疑问，诺曼底战场是战争领域所曾出现过的最大屠宰场之一，那儿一带的通道、公路和田野上，到处塞满了毁弃的武器装备以及人和牲畜的尸体，甚至要通过这个地区也极为困难。我所见到的那幅景象，只有但丁能够加以描述。一口气走上几百码，而脚步全是踩在死人和腐烂的尸体上……"

奥马哈滩头上正向内陆推进的盟军士兵

尽管如此，作为战争正义的一方，诺曼底登陆毕竟胜利了，这就无异于宣告了盟军在欧洲大陆第二战场的成功开辟，纳粹德国将从此陷入两面作战，苏军的压力因此得以大大减轻，预示着盟军协同苏军攻克柏林将指日可待。美军也才可能把主力投入太平洋战场，全力以赴对日作战。

正当诺曼底战役向纵深发展，盟军朝着解放巴黎的既定战略目标乘胜挺进时，6 月 15 日这天，美军又再次让全球的媒体对准它聚焦。在投下数万枚炸弹狂轰滥炸，7 万美军经过 4 天的惨烈激战之后，海军陆战队终于登上了西太平洋上的塞班岛。该岛是马里亚纳群岛的第二大岛，面积 185 平方公里，此前是日本海军司令部所在地，被日本称作"绝对国防圈"的核心。美军一占领塞班岛，立即对岛上的机场抢修扩建，此

时，美、日双方正在岛上进行殊死搏杀。太平洋战场从 1943 年 10 月以来所爆发的惨烈的战斗，其实美军的目标只有一个：为 B-29 夺取更靠近日本的基地。后来用燃烧弹将日本的所有大中城市化为一片火海，还有投向长崎和广岛的那两颗名叫"小男孩"和"胖子"的原子弹，所搭乘的 B-29 都是从该岛机场起飞的。

6 月 15 日这天，日本人还没有从即将彻底丢失这一战略要地的噩梦中苏醒，次日（6 月 16 日）11 时，日本本土九州又破天荒地突然遭受到猛烈轰炸。

1. B-29 机群来自新津……

当美军 68 架最新式的 B-29 "超级空中堡垒"组成的机群，从北面 2000 至 3000 米的高度接近目标时，整个九州岛还沉浸在凌晨的酣睡中。日军猝不及防，第 4 飞行战队仓促起飞拦截，他们不顾一切地冲进 B-29 队形，妄图造成美军机群防卫体系的混乱，以便于俯冲攻击。但日军做梦也没想到，B-29 "超级空中堡垒"并非任人宰割的羔羊，它竟然配备有极为强大的火力。B-29 机身上一共有 5 个炮塔（机身背部前后和腹部前后各一个，尾炮塔一个），每个炮塔装备两挺 12.7 毫米 M2 机枪，尾炮塔又加装了一门 20 毫米机关炮。炮塔由 4 名机组人员遥控，可借助雷达准确地发射枪炮。数架飞行的 B-29 即可织成严密的火网。

B-29 机群一面与日机厮杀，一面投弹，成吨的炸弹呼啸着落向八幡钢铁基地，钢铁厂被一枚炸弹直接命中，熊熊大火顿时腾起。美军对日战略轰炸的序幕从此拉开。往日，日本轰炸机在整个太平洋地区横行霸道，现在，该日本本土尝尝挨炸弹的滋味了。

获知日本本土遭到轰炸的消息，日军大本营分外震惊。大本营正被

飞行中的 B-29

美 B-29 重型轰炸机机组人员

塞班岛战事弄得焦头烂额,怎么也没想到战火会这么快就烧到了自己的国土上。陆军部报道部长松村秀逸大佐回忆:"早4时,八幡遭受轰炸的消息传到市谷,这是B-29从大陆起飞的第一次轰炸","北九州的西部军队、飞行队、宪兵队、县厅、警察、报社、广播局等都报来各种消息。八幡全毁,小仓在燃烧——不,只是两座熔铁炉。有几架飞机坠落——不,是我方的飞机……尽是些相互矛盾的消息,都是没有亲眼看到的消息"。"塞班被攻占,又遭受第一次空袭,被虚报的消息包围着,简直束手无策"。

在《东条内阁总理大臣机密记录》中,对日本头号战犯东条英机首相次日在总理官邸晚餐会上讲的话也有所记载。东条在表面上做出沉着的样子,说:"不要惊慌失措,战争嘛!当然我们是预料到的,不过是蚊子叮了一下,走在泥路上溅上了泥。但是空袭也不是闹着玩的,不能轻视。"

6月17日夜,中国陪都重庆广播电台播发了美国随军记者之一的罗伯特写的报道:"16日下午,美国空军从中国某基地出发,事先对飞机和军需物资做了充分准备。出动的B-29飞机被称作超级堡垒,由11名飞行员操纵,可以携带大量炸弹。各飞机从基地相继出发后,目标瞄准八幡。八幡是日本的钢铁基地,产量占全国的五分之一,炼铁炉占全国的76%,此次轰炸的重要性就在这里。敌方对于遭受空袭完全出乎意料。我第一拨飞机进入后没有战斗机迎击,高射炮也没有发射。我所乘的第三拨飞机到达后,地面的高射炮和照明设备才刚刚启动。我们关闭了机内的所有灯光,望着黑暗的窗外,敌探照灯光如白昼,战斗机也起飞升空。但是,战斗机、探照灯、高射炮都没有阻止美国空军有计划的轰炸。炸弹击中了目标,给敌人的损害不甚明了,因为没有返回目标上空进行观察"。

罗伯特说："此次轰炸具有极其重大的意义。第一，是从中国基地初次出动轰炸日本；第二，是有史以来最长距离的飞行。多亏中国数十万工人的血汗修筑了空军根据地，才实现了此次壮举。"

美国《圣路易邮报》发表文章说："我们感激中国供给我们可筑机场的重要据点，以及中国 43 万人民的劳动。中国这样庞大的人力征调是 2000 年前建筑万里长城以来空前的一次。"

B-29 轰炸日本的消息在各地迅速传开，抗战中的中国军民深受鼓舞。中央通讯社记者专门报道了美军第 20 航空队司令官肯尼斯·B·乌尔夫准将的讲话，准将对成都 50 万农民为建设空军基地所付出的努力大加赞赏。他说：如果没有 50 万离开家园建设机场的爱国的中国人，此次的空袭是不可能的；今后，为了尽快打倒日本，还要继续以四川省为基地对日实施空袭。

这一由 B-29 "超级空中堡垒"组成的庞大机群，来自中国大陆成都周边的新津、邛崃、彭山、广汉 4 个机场。而新津机场的作用尤其特殊，因为美军第 20 航空队司令部及其隶属的第 58 轰炸机联队司令部都驻扎在新津。

B-29 这种集当时各种高科技之大成、装备了最先进武器的世界上最大型的飞机，刚刚于这一年的 3 月在美国陆军中服役，新津机场作为"二战"时期亚洲最为著名的大机场，堪称当时世界上罕见的超大型军用机场。

新津机场可以说是三面环水。它的东边不远处是杨柳河，西临被新津人称为"三渡水"的金马河、羊马河和西河，南临五河汇流处的滔滔大江——岷江。如果在高空鸟瞰，来自东北、西北、西南三个方向的河水，在绿野平畴的大地上蜿蜒流淌，粼粼的波光簇拥着略呈吊钟形的超级大机场，不仅气势磅礴壮观，而且地貌特殊。这样特殊的地貌对

于"二战"中驻扎新津机场的美军飞行员而言，该是多么刻骨铭心的记忆啊！

2. "马塔角行动"计划与 B-29

对日本本土实行战略轰炸的 B-29 轰炸机，执行的是美军统帅部制定的代号为"马塔角行动"（Matterhom）的计划（以往译作"马特霍恩"或"马特豪峰"计划，本文采用美国驻华大使馆的译法）。该计划分别在 1943 年 8 月、11 月的魁北克会议及开罗会议上，得到了同盟国的批准，以象征阿尔卑斯山脉的一座海拔高度为 4478 米的马特霍斯雪山命名。

回顾"二战"历史，B-29"超级空中堡垒"轰炸机其实是一种专门制服日本的"秘密武器"。它只用于对日作战，并未投入过欧洲战场。在 B-29 轰炸机出现之前，美日两国远隔重洋，除了进行海上消耗战之外，两国难以进行你死我活的大决战。

1943 年底，美国研制出了一种划时代的新机型——B-29 重型轰炸机。该机翼展达 43.1 米，长 30.2 米，高 8.5 米，自重 60 吨。B-29 的飞行性能是当时的其他轰炸机所望尘莫及的，是整个"二战"中最杰出的重型轰炸机，创下了多个轰炸机之最：载弹量 9 吨、作战续航距离 5230 公里，能在万米高空巡航，极速 574 公里 / 小时。它虽然经常会出现引擎故障，在战场上却表现优异。无论是爬升高度，还是时速，当时轴心国的大部分战斗机都难以企及。只有口径最大的地面高射炮火才可能射到 B-29 的飞行高度。B-29 的研制是对当时航空科技的重大挑战，它是首架全部依靠遥控自卫武器并应用中央火控系统和全增压乘员舱的生产型轰炸机。B-29 首次使用的加压机舱，使驾驶员从此告别了高空的严寒和氧气面罩。

除了轰炸舱因为要能够在空中打开没有加压外，B-29 机首部分的驾驶舱、机尾后身枪手使用的部分，以及连接两者之间的一条人在其间可直立行走的隧道外，都有加压。B-29 可以连续飞行 16 个小时，这就为远程轰炸日本本土提供了可能性。可以说，正是由于 B-29"超级空中堡垒"轰炸机的出现，才直接催生了"马塔角行动"计划。

"马塔角行动"计划是根据罗斯福总统"要在中国开展一次针对日军的轰炸战役"的承诺而制定的。这是一个极为复杂庞大的战略计划，其前提条件，是必须在中国的大后方成都附近修建多个机场。因为 B-29 的最大航程是 4000 英里，从印度到日本单程为 2600 英里，从印度起飞的 B-29 固然可以轻易地飞临日本轰炸，却没有足够的燃料返航。但如果要将 B-29 战略轰炸机推进到川西平原，就必须首先把它部署在东方的印度。恰巧英国皇家空军在印度东北部阿萨姆邦的加尔各答周边有几个机场，美国于是征得英国的同意，将这些机场扩建为新组建的第 20 轰炸总队（第 20 航空队的前身）的集结基地。然后转场推进至成都附近的基地，在那里加油装弹后，对日本本土实施远程战略轰炸。

在 B-29 的设计生产过程中，始终贯穿着美军的全球防御概念，其前提是必须避免战火蔓延到美国本土，这种代表当时最高科技成果的"超级空中堡垒"在美军海外基地起飞后，可以凭借超远的航程打击任何潜在的敌对国家。"马塔角行动"计划的设想是：使用 B-29 后可避免美军从海上登陆日本本土，伤亡人数将会锐减；而一旦有可供作战的足够数量的 B-29，不仅将摧毁日本的战争工业，而且将迫使其在 6 个月之内战败。

罗斯福总统原本希望 B-29 能在 1944 年 1 月前开始轰炸日本本土，但陆军航空军司令阿诺德上将向总统报告：因为 B-29 项目的一再拖延，要到 1944 年 5 月以后才能开始作战。一架 B-29 飞机总共配备了 11 名

机组成员：军官 5 人——机长（正驾驶）、副驾驶、投弹员、领航员、飞行工程师；军士 6 人——雷达员、无线电员、中控枪手、左枪手、右枪手、尾枪手。训练一个飞行员、领航员、炮手，分别要花费 27 个星期、15 个星期、12 个星期。如此多的 B-29 机组成员不仅必须要进行专业化的训练，而且在投入实战之前还必须要有时间磨合。

除了缺乏成熟的机组人员外，所出厂的飞机数量也严重不足，1944 年初才交付了 97 架 B-29，其中可以参战的却只有 16 架。此时，生产线上的 B-29 许多设备和结构仍有待完善，军方的态度是：即使延误生产也要进行改装。陆军在波音公司、贝尔飞机、马丁飞机等三大 B-29 工厂附近的机场都设置了改装中心，就近改装，将大多数早期生产、不适合作战条件的飞机装备升级成标准型。

1943 年 6 月 1 日，首支"超级空中堡垒"部队——第 58 轰炸机联队宣告成立，下辖 5 个大队（第 40、第 444、第 462、第 468 和第 472 轰炸机大队），由肯尼斯·B·乌尔夫准将指挥。1943 年 9 月 15 日，第 58 联队总部搬迁到堪萨斯州萨莱纳（Salina）市烟山（Smoky Hill）机场。由于第 472 大队须留在烟山机场担负训练任务，所以后来部署到华西空军基地的只有 4 个大队。

眼看适于服役的 B-29 数量增长缓慢，为此，阿诺德将军于 1943 年 11 月 27 日专门设立了第 20 轰炸机司令部，负责全面监管所有的有关 B-29 的单位，由肯尼斯·B·乌尔夫准将担任指挥官。第 20 轰炸机司令部下辖第 58 轰炸机联队（由乌尔夫将军的副官哈曼上校指挥）和第 73 轰炸机联队（由汤姆斯·H·查普曼上校指挥，下辖 4 个轰炸机大队），每个联队装备 150 架"超级空中堡垒"。

迫于战争的形势和总统的催促，阿诺德将军命令助手 B·E·迈耶将军亲自介入改装工作。从 1944 年 3 月 10 日开始，根据严格的 B-29

改装时间表，来自波音威奇塔和西雅图工厂的技师和专家们，不得不亲临改装第一线。在户外寒冷的天气中，经过工人和基地士兵夜以继日的努力工作，第 20 轰炸机司令部终于有了 150 架可以作战的 B-29，这一天是 1944 年 4 月 15 日。这就是史称"堪萨斯之战"的 B-29 的突击改装。

1944 年 3 月 28 日，第 20 轰炸机司令部总部移至印度克勒格布尔（Kharagpur）机场。第 58 联队最后要抵达的是印度加尔各答机场，总航程达 18552 公里，途经马拉喀什、开罗、卡拉奇，这是 B-29 首次从西方飞往东方印度的漫长旅程。

B-29 进驻印度才一周时间，就明显不服水土，有 5 架因为发动机过热在卡拉奇坠毁。所有 B-29 机组因此而停飞，等待查明事故原因。经调查后发现：是卡拉奇经常超过 46 度的地面温度导致排气管在高温高压下熔化而发生事故。B-29 做了一系列的技术改进后，才又重新开始上天。

此时，盟军在太平洋上与日军进行逐岛争夺战，遭遇了信奉武士道精神的日军的疯狂抵抗，美军为此付出了极其惨重的代价，光是马里亚纳群岛战役，美军的伤亡就达 2.2 万人。盟军愈是逼近日本本土，日军的抵抗也愈顽强。与此同时，在欧洲战场，盟军对德国的战略轰炸效果显著，已使其经济几近崩溃，这就使美国高层领导人深受鼓舞。为了重挫日本人的士气，削弱日本的战争潜力，尽早结束太平洋战争，"马塔角行动"计划终于揭开了神秘的面纱。

自从 1944 年 6 月 16 日日本九州挨炸之后，日本本土遭受 B-29 的轰炸就成了家常便饭，B-29 轰炸机对日本全境不断地进行地毯式的轰炸，空袭次数不但多（达 380 次以上），而且时间长（达 15 个月之久）。直至广岛、长崎被 B-29 甩了两颗原子弹，蘑菇云冉冉升起之后，日本

1944 年 6 月 16 日美机首次空袭日本九州

B-29 轰炸机

帝国妄图打持久战的梦想才被彻底摧毁，这才有了 1945 年 9 月 2 日在美军"密苏里"号战舰上举行的日本投降签字仪式。

为了实施"马塔角行动"计划，中国方面全力协助美军，在抗战大后方川西平原建成了华西空军基地。五水汇流处的新津机场立了头功。

第二章 华西"特种工程"

美军选定成都作为"超级空中堡垒"的中转站，决定在成都周边再修建一批机场，是基于如下的考虑：执行任务的轰炸部队必须安全，供 B-29 起降的大型机场，既要在它的航程以内，又必须是日本陆军无力控制的地区；还要临近河流，以便于修建机场时有足够的鹅卵石和河沙供取用；对于驼峰航线这一后勤补给线和轰炸目标的距离必须比较适中。上述条件，只有成都周边地区的几个县才能满足。为了防范敌机对驻场 B-29 飞机的攻击，还特意在轰炸机基地周围地区设置战斗机机场。由于这些机场都位于川西地区，所以又称为"华西空军基地"。

1943 年 11 月，罗斯福总统致电蒋介石："美军将在中国成都附近修建 B-29 轰炸机机场，工程技术人员由美方派遣，希望中国政府提供必要的人力及资源……我个人坚信，这次空袭一定能如我们所期望的那样，给日本人以致命的一击。"罗斯福的要求得到了中国政府的积极回应。

美军选中了成都周边新津、彭山、邛崃等 3 个现有的军用机场进行扩建，并决定在广汉新修一个机场，以供第 58 轰炸机联队的 B-29 起降。同时，还确定了凤凰山、温江、双流的护航战斗机机场的扩建工程。

1943 年 12 月，四川省政府主席张群在成都召集紧急会议，赓即在

四川省建设"特种工程"进行紧急部署动员。参加会议的有省里的人及相关 29 个县的县长。"四川省特种工程委员会"的部署如下：须从 29 个县抽调 32 万民工，考虑患病和工伤的情况，直接参与工事的人员需 55 万人；每人每天供应白米 1.4 升，先期须筹集 5 个月 32 万人的口粮，运往工事现场需 20 万人次的劳力，由各县自行负责；各县设立民工委员会，负责招募民工、调配作业用品、征用土地、补偿等事宜，不得以任何理由拖延工期。

这次会议决定：1944 年 1 月 15 日（农历癸未年腊月二十），成都周边的机场群——新津、邛崃、彭山和广汉的轰炸机机场，必须在这天正式开工，而各县民工则须在开工前 3 天到达工地。

实施机场大建设的这一天来到了。参加扩建新津机场的，是来自成都、华阳、温江、崇宁、郫县、崇庆、新繁、新都、灌县、邛崃、蒲江、大邑、新津、金堂、三台、双流、彭山、洪雅等 22 个县的民工，计有 20 来万之众。数路人马从各自的家乡出发，向着新津机场的周边开来。公路上人流滚滚，从早到晚络绎不绝。

现在，有必要对即将扩建的新津机场有个大致的了解。

新津机场在县城东面皂里江（金马河）东岸坝上的五津镇，此地因隋唐时曾做过 79 年的县治，故称为"旧县"，机场与县城之间相距两公里，横亘着岷江外江的三条支流金马河、羊马河和西河。1929 年夏，意欲称霸全川的大军阀、24 军军长刘文辉，不满足于已有的 100 个团的兵力，决意组建一支空军部队，他首先看中了防区内五水汇流处以北的这一片坝上的特殊地貌。他向当地农民征地 1000 亩，加上原清巡防军营房，工程费时 4 个月，在这里草草建成机场。后因从法国购回的 3 架飞机被刘湘麾下、21 军驻万县师长王陵基拦截没收，加之 1933 年的"二刘岷江之战"（当年 5 至 8 月，刘湘联军与其幺叔刘文辉第 24 军于岷江两岸进行的战役）刘文辉又败走雅安，新津机场遂成荆榛丛生、野兔出没之地。

5 年之后（1937 年），抗日战争爆发，四川成了抗战的大后方。1939 年，新津机场被指定为中国空军的基地之一，已闲置多年的机场迎来了第一次扩建。四川省政府根据国民政府的饬令，征集了温江、郫县、新繁、新都、邛崃、蒲江、新津、双流等 16 个县的 10 多万民工，整个工程自 1939 年 5 月动工，至次年 2 月竣工。这次扩建，征用民田 3292 亩，修了跑道，建了机棚。

1944 年 1 月动工的这次扩建，自然是为了实施谋划已久的"马塔角行动"计划。扩建工程项目计有：供 B-29 重型轰炸机起降的主跑道 1 条（要求长 2600 米、宽 60 米、厚度 1 米），其两侧供飞机滑行的副跑道各 1 条，油库 3 个，无线电通信所 2 处（收报、发报台各 1 处），弹药库 6 个，大机棚 1 个，发电厂 2 个，招待所 6 个，隐蔽机窝数处，以及引擎修理所、指挥部等。

此时新津机场的总面积究竟有多大？以往的文章都是按 1989 年版《新津县志》的记载，写作"9035 亩"，过去从未有人怀疑过这个数字的真实性。到了 2007 年，新津县档案馆为了纪念抗日战争胜利 62 周年，历时几个月的艰苦努力，从浩如烟海的馆藏民国档案中大海捞针，精心挑选了部分珍贵的新津抗战档案资料，并内部出版了《新津抗战档案资料汇编》影印本。该书专门拍摄有《财政部四川省新津县田赋管理处造呈历次机场征用及因公征用田地总表》的原始档案，该《总表》清楚地载明，截至 1943 年 8 月 30 日，历次机场征用土地 5651.093 亩。于是，以往关于"二战"时期新津机场总面积的争论终于尘埃落定。

初建起的新津机场

当时，每个县的民工编为一个大队，大队长一般都由各县县长亲自担任，大队下面以乡镇为单位设若干个中队，每个中队由数百人组成，一般由乡镇长兼任中队长，副中队长则由中队长指定的人担任；中队下面又设数十人的分队。民工的征集，是由各保按各家所拥有土地的田亩数量摊派的。以郫县永兴乡为例，规定每亩必须出3个工；应该出工的人家，由家里派人去，或者出钱请人去代工都行。各户一旦完成指派的工时，即可回家，另由排在后面的出勤民工替补。永兴乡1944年元月首次出征新津机场，就征集了民工600余人。他们按照省政府的命令在指定的日子赶赴新津机场后，即按照大队分派下来的任务，完成采、运沙石和挖土方的任务。因此，修机场的民工大部分是连打老鸹的土巴都没有的无地农民，他们受雇于那些被摊了工时又出得起钱的人家；还有一些民工则是因家有薄田，而又无钱雇工，只好自己硬上的农民。

有的中队长平时就别着短枪（多半是土制手枪），此时也带到了工地上，众目睽睽之下倒很有几分神气。新津本县的民工，一般是40天一换，也有一些人因为帮别家顶工，从头干到尾的。民工们背地里一律称中队长为泥巴官，这也不知是哪个俏皮民工的发明。更有甚者，当时就在民工中间流传着几首民谣，其中的一首活画出了某些泥巴官的丑态："机场修得特别宽，出了一批泥巴官。泥巴官，泥巴官，嘴里衔根假纸烟，手头拿根竹片片，恨倒老二吃老三。"泥巴官们是不屑于干活的，他们既是各中队的领队，更是监工，他们身上有两样上司发的宝贝：一只用来发号施令的口哨；一根长 3 尺余、宽 2 寸的斑竹篾片。泥巴官们当然也不是铁板一块，有的只是吆喝吆喝，却从不出手打人；有的本来就是社会上的混混，向来就蛮横，这些人只要发现谁不守规矩，随时都会一边叫骂，一边挥舞篾片子抽人。

斗转星移，岁月悠悠。65 年前曾经修过新津机场的人，即使年龄最小的也都 79 岁了；还有那些当年在新津机场服过役的中国空军地勤人员，本应飞台湾，却因难舍妻儿老小而留在了大陆；这两类老人如今都是耄耋之年了。其中身板硬朗、思维清晰并且能说会道的老寿星，简直就如凤毛麟角了。我特别不能原谅自己，作为一个新津人，我却没有早些萌生采写新津机场的想法。我这次能够寻觅到并且采访这些老人，在某种意义上可以说是历史老人留给我的最后的机遇，这不能不说是我的幸运！说到 65 年前的往事，没有一位老人不兴奋的，他们的眼神中甚至亮出孩童般的光彩。他们的思绪在历史的风尘里穿越，我的话题显然触动了他们记忆深处的一些值得留恋的东西，就竭力想给我这个晚辈留下更多的令我感兴趣的材料。他们口述历史，他们在这个世界上留下了回忆"二战"时期新津机场的录音，随着时间的推移，这些录音将愈来愈显示其珍贵的历史价值。

既然如此，那就请随我来，让我们一起走进 1944 年元月的新津吧。

修建新津机场现场美方负责人与民工交流

1. 民工生活实录：住、拉

远道而来的民工们几乎都是些农民，清一色的男子汉，他们的头上或裹着白帕子，或戴着当时流行的瓜皮帽，或光着脑袋。他们大多身着旧棉滚身儿（按：指薄而紧身的棉衣），家境好一点的则穿棉袍，脚穿布鞋或草鞋。他们或背着被盖、草席，或只背着一床破棉絮。路途远的还背着途中的口粮，行程在 60 里以内的，还要带上垫地铺的谷草。他们有的扛着锄头、筑箕，有的推着鸡公车（独轮车）。他们成群结队，风尘仆仆，冒着寒风，兴冲冲地朝新津机场赶来。有的文章说，他们所有人的胸前都佩戴着写着姓名和编号的土白布胸章。我曾就此专门询问过许多修过机场的老人，他们异口同声地说，没有见过哪个戴过什么土白布胸章。

新津机场所在的坝上，是金马河和杨柳河相夹的一片狭长地带，最宽处不足 4000 米，原住民也不过两三万人，如今猛然涌入 20 来万人，立即人满为患，其拥挤、喧嚣、热闹简直难以想象。当时，凡是新津机场东西北三方（其南方临岷江）方圆十几里以内的农户，凡是能腾出来的空房（包括堂屋）、阶沿、牛棚、猪圈，全都挤满了民工的地铺。只有打前站的人抢先号到了林盘中的民房，后续的大队人马才有房可住。迟到的民工，就只能在庄稼地里搭临时工棚了。铲去油菜或麦田的青苗，砍来碗口粗的树桩和竹竿搭起架子，在棚顶和周围围上晒簟（篾条编织、用于晒谷物的簟子），在地上铺一层干谷草，这就是民工们的栖身之所了。但是，当地农家哪会有那么多的晒簟呢？远道而来的民工，其工棚就只能搭一层薄薄的草帘了。

因为搭工棚，林盘里的竹林被砍罢（稀疏），碗口及茶杯粗细的树木几乎被伐尽。林盘以外所有的庄稼地，几乎都搭满了工棚。这些工棚从机场边一直朝东、西、北三个方向辐射，往西，搭到金马河边；往东，一直搭到数里之外杨柳河畔的黄泥渡附近。因为工棚拥塞，到了晚上，一些掉队的民工常常找不到自己的安乐窝，夜空中于是常常回荡着这样焦灼的呼唤："老乡，我是某某县的民工，找不到我们的工棚啰！"除了工棚之间的过道，这些工棚鳞次栉比，密密麻麻，放眼一望，其磅礴的气势绝不亚于曹操攻打东吴时的数万吹角连营了。

除了少数霸道的泥巴官住民房的堂屋并睡门板以外，20来万民工都是睡的连片地铺。家境好的，还可以铺席子、盖被子；穷的，就只能直接在谷草上拱，盖床破棉絮了。数十人挤睡一屋（棚），每个人身上的虱子起绺绺。

20来万人突然之间啸聚一方集中居住，其吃喝拉撒绝对令人恐怖。凌晨5点多钟，泥巴官们"瞿瞿瞿瞿"的哨音吹破了夜空，民工们纷纷起床，之后，打着火把，争先恐后去洗脸。临近河沟的，就着刺骨的河水洗把脸；离水井近的，就打起冒着热气的井水，人多桶少，一个个直

修机场的农民

修建新津机场的宏大场面。除有少量人力车外，基本上都是挑夫

把水桶里的水洗成酽酽的面汤。此时，预先挖的临时厕所根本无法应付集中如厕的人，林盘里、树林中、河滩上遍布的芦苇丛，大便遍布，稍不注意就要踩一脚屎。好在那会儿的农村极其缺肥，庄户人家珍视大粪，扛着筲箕沿路捡狗屎的农民当时也是川西民俗的一景。现在忽然有了取之不尽的肥源从天而降，这简直把当地的农民乐坏了，那些专门捡粪的农民成了义务清洁工，那些每天的排泄物因此都能被清除。

曾经因出恭而引发了军民冲突。当时，机场西边的金马河边有座贮存汽油的仓库江庙子，由守卫机场的部队暂2师（胡宗南部暂编第2师）的一个排驻守着。那天早上，几个民工为赶上工时间，情急之下躲在江庙子外面的墙边上解大便，被士兵发现。他们被拖进营房关起来，并挨了打。其中的一个民工逃脱，回去报信。众民工得知几个民工的屈辱遭遇之后，怒不可遏，立刻罢工，数百人带着扁担，气势汹汹地朝江庙子涌来。士兵们赶紧将大门紧闭。愤怒的民工转而扯地里的麦子抛掷打人，将附近两三块田的麦子扯得精光。该排的排长这时从街上回来，见状就指责众民工。众民工一拥而上，挥动扁担要打他，他吓得转身撒腿就跑。却遇一条大水沟挡路，他跳不过去，被撵来的民工围殴。最后惊动了在林盘里租房子住的该连连长，连长朝天连开数枪才把民工们吓退。

2. 民工生活实录：吃、喝

所有住工棚的民工，以及在住户家不方便煮饭的民工，就在附近就地挖灶，埋锅造饭。每到做饭的时间，八方点火，处处冒烟。按照规定，民工的早、晚饭在住处吃，中午饭无论远近，都必须送到工地上。以土陶钵或木盆盛一盆菜，8人围成一桌，蹲地而食。每顿只有一样菜，

都是萝卜、白菜、青菜、胡萝卜等时令蔬菜。有的民工中队懒得做热菜，只将萝卜切成颗颗，和点盐，撒点辣椒面就端上了桌，有的甚至连辣椒面也不撒。民工们一般一个星期能打一次牙祭（吃肉），肉都是肥肉，有的要加点豆瓣回回锅，有的则只放点盐味。一到开饭的时候，工地上或民工的住处就会有一些小贩叫卖穿梭，卖的往往是勾人食欲的麻辣味凉拌萝卜丝、莴笋丝、大头菜丝之类的小菜，民工们花一个铜圆或两个小钱就可以买上一碟，又实惠又送饭。

网上流传着一批美国人拍的当年修新津机场的图片，其中一张的说明是《新津机场边的送饭农妇》。从图片上可以清楚地看到：在农妇的大竹篮上放了一块搁板，搁板上面放着一个盘子两个碗，中间的那个碗里还斜插着一双筷子；大竹篮旁边还放着一个木盆，一个瓦罐里插着几双筷子。这个"农妇"显然不是在送饭，正如上文所描述的，她应该是一个专门来卖凉拌菜的小贩。虽然我们无法看清那碗里盆里装的是什么，但从她特意在搁板上展示三种菜，并在其中的一个碗里插一双筷子这点来看，她显然是在打广告招徕顾客。从这位所谓农妇的装束来看，她其实更像一个在城里生活的小生意人。因此这张照片的说明应该是《新津机场边卖凉拌菜的妇人》。这张老照片十分珍贵，无意间留下了当年修新津机场时民工生活的间接实证。

修过机场的老人们都说，民工们吃的都是中熟（中等）米，每顿饭任你瓢儿栽桩（管饱）。以往的某些文章，夸大了阶级压迫和民工所受的盘剥，说是"顿顿吃的沙子饭，还有萝卜不放盐"。当然也确有胆大妄为的家伙故意克扣民工吃的大米。我在大机棚旁边的李林盘采访，一位当地老乡告诉我，他们家就住过几十个民工，那个中队的炊事员每天都要偷点米卖给他家。修过机场的老人们说，饭里掺沙子肯定是极个别的现象，因为民工们不得干。蔡湾村79岁的童吉成老人说：我们花桥

机场边卖凉拌菜的妇人

新津机场的露天民工厨房

拉大石磙的民工

拉大石磙的民工

乡 12 保民工队的泥巴官是袍哥大爷的亲戚，有一天，这个人往煮好的饭里撒了把谷子，心想让大家少吃点。民工们吞不下，一逗耳朵，端起甑子就把饭倒了。泥巴官害怕了，赶紧重新煮好饭来请大家吃。那个袍哥大爷还专门出面请众人吃了几桌席，才算把事情搁平。我想老人们说的一定是实情。想想看，每天 20 来万民众聚集机场，恐怕再霸道的泥巴官也不能不有所顾忌，万一激起民变，闹出了群体事件，那可不是闹着玩的。还有这样一件真实的事可以佐证。所谓碾压机场的石磙压死人，其实是因为某个泥巴官作恶多端欺人太甚，他居然像坐压路机驾驶台一样，敢坐上套石磙轴的木架的前方，众人做牛做马，他却辱骂大家，叫赶快拉。众人恨死了他，故意发蛮力将石磙拉快，又突然止步，那恶人凭惯性一下子栽到地上，被转动的石磙压成了肉饼。

20 来万人的喝水问题是十分令人头疼的。民工们在工地上干活遇到口渴时，找不到水就只好干忍住，能做的也不过就近找点生水喝而已，这样就难免有人要拉肚子了。当然，中午送饭来时，一般也会送来一桶开水。民工们每天的活路十分繁重，出汗又多，那会儿洗澡又不方便，晚上一下工往往倒头就睡，到处弥漫着汗水混合体味发出的难闻的臭味。家住陈林盘 82 岁的陈友清老人告诉我：陈林盘出去十几里，一直到黄泥渡杨柳河边，到处都搭的是工棚，那边也不知住了有几万人。每天上下工的时间，大路上都是人挨人地走，晚上加完夜班赶回工棚的民工，一直要走到快半夜时路上才稀疏下来。我们林盘头（里）有条两米宽的流水沟横穿而过，那沟里的水很清亮。晚上下工的时候，早已渴慌了的民工经常不顾一切扑向那条沟，他们不是拿手捧水，而是直接趴在地上，拿嘴直接杵到（凑近）流水喝，一时间把沟头的水都要喝断流。我被这个闻所未闻的喝水场面震撼了。陈友清老人大概看出了我的疑惑，他一脸严肃地重申："我是实事求是的哦，我一点也不吹牛！"

3. 民工生活实录：劳

那会儿一般人都不可能戴表，计时大都以"一炷香"、几更、某时辰为准。为了统一上下工的时间，工地上的作息时间一概以发射铁铳子为号。方言所称的铁铳子，并非那种原始的火器——以火药发射铁弹丸的火铳。过去的铁铳子都是铸铁的，一个饭碗大的底盘上，生着一根六寸长酒杯粗的铁管。在铁管底部的小孔里插上一根火药捻子，把铁管填满火药，盖层火草纸，再填上黄泥筑紧，筑得愈紧，声音愈大。当地五津乡的一个老头专门负责此事，他把铁铳子拿到机场上专门搭来开会、演戏的台子上去放。药捻子一点燃，引爆密封的火药，"砰"的一声冲天而起，响声惊天动地。清晨7时，机场上的铁铳子一响，居住在四面八方的民工立即闻风而动，乱纷纷地径直朝各自的工地上赶，几条大路上和旧县的街上，两三个小时之内万头攒动，摩肩接踵，人流滚滚，汹涌不息。路远的民工只恨人多路窄，往往等他们挤拢工地，也差不多该下工吃午饭了，当天该做完的活儿只有往晚上拖了。而每天傍晚宣告下工的铁铳子一响，"嗷——"民工们会同时发出山呼海啸般的欢呼，那一声比炸雷还响。

按照计划，各县民工都划定了作业段面。整个5651亩大的机场，统统都要经过7道工序，才能基本算成型：一是需要把老机场的填方下挖2米并运走；二是平铺一层大卵石，用人力压路机来回碾压；三是将不掺水的黄泥与鸡蛋大的卵石和匀，在平坦的大卵石上平铺一层，用人力压路机来回碾压；四是将不掺水的黄泥与铜圆大的卵石和匀，再平铺一层，用人力压路机来回碾压；五是将不掺水的黄泥与碎石子

运输石头主要靠人力

新津机场当时建设景象

新津机场第三次扩建时民工拉石磙，B-29 轰炸机从头顶飞过

和匀，再平铺一层，用人力压路机来回碾压；六是灌足一次黄泥浆，用人力压路机来回碾压；七是在表面铺一层河沙，以把碎石层掩盖为限。主跑道和两条供飞机滑行的副跑道，则还有第8道工序——打上1米厚的混凝土。

当地五津乡民工中队的任务之一是完成机场东南角的段面。当他们把耕地表面的泥土刨开运走，往下填大鹅卵石时，遭遇了长达一里多的"动泥"：无数大鹅卵石前仆后继地朝大坑里倒，眨眼工夫却被不断涌出的沼泽般的烂泥所吞没。大家都傻眼了。后来经请示同意，投入了大量的牦牛墩子（笨重如牦牛的一段段短木头）才好歹稳住阵脚。又在牦牛墩子上铺了一层又一层大鹅卵石，这才可以上石磙碾压。

修机场用得最多的材料，除了鹅卵石就是黄泥巴。鹅卵石取自金马河、杨柳河、岷江的河滩，上下游10多里河滩上曾经遍布的大大小小的鹅卵石几乎被一网打尽，而新津民工大队捡鹅卵石的专业队员全是当地五津乡的民工，每个人一天若能捡上两个立方的卵石并码好，就算完成了定额。黄泥巴则取自杨柳河以东牧马山边的狗脚湾，那里离机场最近，但直线距离少说也有五六里路远，并且有杨柳河阻隔。于是，专门在狗脚湾与机场之间架设了一条可以来回跑的双轨轨道，轨道从临时架的孔家渡大桥上通过，运输黄泥巴和鹅卵石的几十个翻斗车在轨道上各行其道，被民工们推着跑来跑去。

这么大的工地，运输量之大简直是天文数字。以当时的条件，自然主要是靠人力用箢箕担，用背篼背，鸡公车推，用架架车拉了，常常是数以千计的鸡公车、架架车和数以万计的挑箢箕、背背篼的民工，浩浩荡荡地各行其道，往来穿梭。除此之外，还有数十辆运输卡车在简易的单行道上来回奔驰，既有军用的大道奇，也有征集来的杂牌卡车，有的烧汽油，有的烧木炭（因为缺汽油，抗战八年，公路上跑的尽是木

儿童参与修新津机场

妇女们在新津河滩上为修筑机场跑道砸碎石块

炭汽车。木炭汽车的发明人是河南人，名叫汤仲明，是在陇海铁路就职的留法工程师。其原理是：在汽车上加装一个代燃炉，炉里放木炭或木材，炉子上面挂一个储水器，当木炭点燃以后，储水器里的水滴进笼子里，木炭就会不完全燃烧而产生大量的"水煤气"，即一氧化碳。将过滤后的"水煤气"引入汽缸，以替代汽油驱动引擎。这种木炭汽车，最高时速可达40公里）。

还有数部驼峰航线运来的碎石机分布在机场边上，成天碎石，轰鸣不已。单靠机械碎石又供不应求，主要还得靠人力来锤石子。搬来一块坚硬如铁的大青石做砧子，将一个草辫子套牢被锤的石头，猛挥铁锤，将一个个可能砸碎的石头锤来锤去，锤成鸽蛋大小。一天的碎石定额是两箩筐，需要一个人从早上一直锤到夜里10来点钟才能完成。大冷的天，锤石头的人手脚生满冻疮不说，还裂出一道道渗血的口子。锤石头的人群遍布河滩和机场边上，其中主要是民工，也有极少临时来挣工钱的当地的妇女和小孩。

在建筑机场的7道工序中，其中的5道工序都需要压路机反复碾压，使其平整。如此频繁使用的压路机械，却只能用水泥石磙替代，靠人力牵引来驱动。石磙采用钢筋混凝土浇筑，两端留有铁轴，有大小两种规格：大者重约15吨，有一人多高，需80人才能拉动；小者重约8吨，约1.5米高，50人即可拉动。在水泥石磙的轴上套个笨重的木架，在木架前端套上4根又粗又长的麻绳，就可以供数十人拉动磙子了。另外，美方还通过驼峰航线运来了12个2米多高、1.5米厚的大铁辊，每4个一组，分别用穿心钢轴紧固，就成了三个超级压路铁磙了，这三个铁磙沉重无比，得100多人才能拉动。到了1990年，新津机场东北角仍遗留有当年压路的56个石磙，后来都被深埋在了地下。

压路大石磙 80 个人才拉得动

我还记得，1990 年夏，《天府明珠》剧组拍摄写新津的这一集《大河咏》（由我撰写的脚本），专门去拍新津机场。我那天就亲眼见识了那些压路的石磙。当时已近黄昏，西沉的一轮红日又大又圆，孤悬在天边，一望无涯的机场笼罩在暮霭里，就像大草原一样苍茫。远处，一头头放牧的奶牛在悠闲地啃着青草；近处，一个个庞大沉重的石磙默然趴卧在荒草中，就像一只只正在狩猎、随时准备一跃而起的猛兽。那种景象特别的苍凉壮美，令人浮想联翩！

民航飞行学院一分院（新津分院）陈列的压路小石磙

不妨设想一下，当年修机场时，当数千名民工一齐躬身发力，当数十个巨大的石磙在不同的地段同时隆隆滚动，"嗨哟！嗨哟！嗨哟！"

代号：马塔角行动

民工们爆发出的号子声惊天动地，脚下的大地也似乎为之抖动。这情景何等雄浑壮丽，这是大后方的四川民众抗战热情的集中迸发啊！

美军第14航空队司令陈纳德将军在战后写道："驼峰运输机没有吨位装运开路机、压路机或轻便的降落用板钢席。我们在华的100多个机场，都是千千万万的中国男人、女人和小孩流着汗血，辛苦地徒手筑成的。"有一次，陈纳德驾机飞往成都，从空中鸟瞰着数万中国人像蚂蚁般的在机场上忙碌，这异常壮观的景象让他多年后仍激动不已。他写道："外表看来很混乱，骨子里却有着计划，那便是中国人建设工作的典型。在埃及的金字塔正在建造的时候，尼罗河流域大抵也像那样子吧？"

4. 民工生活实录：死

那会儿的中国缺医少药，修机场的民工自然也不例外。白天在机场劳动，如果受了点外伤，遇到背着药箱巡回的中方医务人员，还可以搽点碘酒或红药水什么的。万一得了病，那就活该自己倒霉了。那会儿的人都没有珍视生命的意识，在骨子里都信奉"生死由命，富贵在天"的理念，尤其是在国难当头战乱频仍的当时，人们对死人早都习以为常，也早都麻木了。再说，穷人连糊口都难，得了病往往都是过挨（干忍着）过拖。现在虽说在为公家修机场，有了饱饭可吃，有了地铺可住，但是看病还得自己掏钱啊！

修机场的劳动强度大，每天从早累到晚，没有一天休息时间，民工中的老人和体弱者往往将自己熬得灯枯油尽，再加上病魔的摧残，说倒毙就倒毙了。陈友清老人告诉我：尤其是大热天，每天的早晚都有死人从工棚里、从借宿的民房里抬出来。如果死者家里还有亲人，送回老家的路途又不远，泥巴官就会找来一辆架子车，把死者抬上去，再蒙上他本人的被盖，派上两个人，赶紧把尸体送回老家了事。有的死者，本身就是孤人，或者离家路途遥远，就只能就近掩埋了。那时天气炎热，民工们都怕死人发臭生蛆。民工们清晨一睁眼，或者晚上一收工回来，只要发现无法送回老家的死人，就立刻匆匆忙忙地抬出工棚掩埋。那些死者的遗体往往连鞋都没能穿一双，情况好一点的还裹着一床破草席，差点的就只有一身补丁重补丁的破衣服了。也没有点香烛烧纸钱，更不可能举行什么安葬仪式，甚至连躺在门板上送往墓地的待遇都没有，就直接由自己的几个乡亲捧手抬脚，送到埂子上，放进刚挖的坑里，草草掩埋了事。民间称这种埋尸首的方式叫软埋。陈林盘以外右首里把路远，有一段埂子，那里就是专门软埋死人的地方，附近工棚病死的人都朝那里埋，软埋了起码有上百个死人。这些病死的民工叫什么名字，来自何方，家里的情况怎么样，有没有亲人？谁也闹不清楚。

　　1944 年的夏天，那时机场已经基本完工，20 来万民工已陆陆续续撤离得差不多了。这天上午，陈林盘来了个风尘仆仆蓬头垢面的外乡女子。这女子也就 20 来岁，长得眉清目秀，脚穿一双破草鞋，老蓝布的衫子上留有白花花的汗渍，一看就是经过长途跋涉的。她来自 100 多里外的洪雅县的山区，一见林盘里的老人她就打听，问见没见过一个 20 出头的名叫闷墩儿的小伙儿。她说小伙儿人长得高高壮壮的，剃的光头，那是她的男人，他俩有个一岁的乖女儿。她说他们那儿的人来新津修机场，是去年腊月十六日从家里走的，一走就将近半年，上个月他们村上修机场的乡亲们都回了家，却单单不见她男人回来。保长告诉她，说她男人死了，得怪病死了。她说她男人死得太蹊跷，男人壮得像一头牯牛，她根本不相信他会病死。她断定她男人是跟房东的漂亮女儿搞上了，贪图平坝上的安逸日子，悄悄做了倒插门女婿，把老家山旮旯里的

妻儿抛弃了。她说她决心来讨个说法，她在路上走了3天，把脚板磨出了好些血泡，好不容易才找到了陈林盘的。

这个外乡女子简直就像川戏里的那个万里寻夫的孟姜女啊！陈林盘的人被她彻底打动了，自发展开了一场类似于今天互联网时代的"人肉大搜索"的行动，闷墩儿其事很快就浮出了水面。原来，洪雅县民工大队打前站的人很聪明，在民工大潮尚未涌进新津之前，他们提前进入了机场边上的陈林盘，并顺利地号到了房子。闷墩儿其人因为人长得特别高大，就像一座高高耸立的铁塔，给房东陈五伯儿留下了深刻的印象。陈五伯儿告诉那外乡女子，说闷墩儿真的得病死了。那是一个多月前的事。闷墩儿这人干活很卖命，人也比较爱干净。那天天气特别闷热，闷墩儿拉完压路的石磾下工回来，说热得受不了，带着一身的臭汗，就跳进了林盘后面的那条大水沟，结果当天晚上他就发病了，发高烧，说胡话，畏寒，第二天早上连工也没法出了。大家劝他去抓药吃。他说他只间或生回病，从来不用吃药，挨个天把，自然就会好的。不料等大伙晚上收工回来时，才发现他早已硬翘翘地死在地铺上了。按我此后请教我的医生朋友的解释，闷墩儿极有可能是重感冒引发了急性心肌炎而死的。当时，大伙只以为他得了什么怪病，怕受传染，就赶紧用他睡的草席把他裹了，为他烧了落气钱（纸）后，打着火把，连夜把他抬到埂子上软埋了。外乡女子听了，惨叫一声，当场就栽倒地上昏死了。

等外乡女子醒来时已是下午，这才发现自己躺在陈五伯女儿睡的床上。外乡女子坚持要把自己男人的尸首扒出来，带回洪雅老家安葬。当地人都嫌晦气，远远地望着那道埋死人的埂子一指，就不愿再陪她去了。外乡女子只好一个人带着香烛纸钱来到那道埋死人的埂子上。她起眼一望，立刻傻眼了。这一长溜高出平地5米的宽大的壕沟埂子，是名副其实的乱葬岗子，只见密密麻麻的坟堆纵横交错，摆布得毫无章法，深浅不一的野草已经蓬蓬勃勃地蔓延成了一片。有的坟堆当初堆得太草率，尸首埋得过于浅了，一下暴雨就有尸身暴露出来。刚好昨晚下过一场瓢泼似的暴雨，又有腐烂的尸身露出地面。此时，外乡女子分明看到有几只骨瘦如柴的野狗正在撕扯一具遗骸，一只只充血的狗眼血红血红的，老远就能闻到一股令人作呕的恶臭。外乡女子见状，先是惊愕不已，想到自己心爱的男人为国家修机场，暴病死后竟然埋在这种地方，哇的一声就号啕大哭起来。既然无法找到男人的墓地，她只好强忍腐臭，就近找了块地方，点上一对红烛和一炷香，然后跪在地上，把一大叠纸钱一张一张地撕开火化。一时间，青烟袅袅升起，那灰蝴蝶般的纸灰也随风飘逝了。

美军 1944 年修的油库（封土层已去除）

应我的请求，陈友清老人领我去看那道埂子。早先作为机场边界、早已回填的壕沟，现在仍能看出个大概来，在壕沟的遗迹之上就是老人所说的那道埂子了。壕沟的一边就是现在的机场边界，边界围栏里不远处就有一座当年美军修的墩丘般的油库。埂子残高约 3 米，宽约 30 米，有着浅丘般的起伏，长满了喂奶牛的青葱的牧草。20 世纪 80 年代初土

地下户时，这段埂子分给了私人，户主在整理土地时，刨出了许多早已风化的尸骨残骸。时至今日，这段埂子的四周很远都只有林木而无人烟，可见当地村民至今仍对这道埋过很多尸首的埂子有所忌讳。我在埂子上伫立，一时感慨不已。为了抗击日本法西斯，这些背井离乡不知来自何方的机场建设者，不仅名字没留下，最后连曾经埋在这里的骨骸也被人掘了，故园难归，永远成孤魂野鬼了！

5. 新津机场到底修了多久？

这一次新津机场扩修到底修了多久？现在成了一笔糊涂账。

下面，我们来看看几种代表性的说法。

1989年版《新津县志》明确记载："民国32年下半年，新津机场扩建完成。"是说完成于1943年下半年。

曾任新津县政协文史资料委员会副主任的童汝锷先生说："新津机场扩建工程从1943年1月到7月历时半年，大部分工程基本完成，其余零星附属工程又拖了两个月才全部结束。"

家住新津机场原大营门旁边、85岁的彭绍鑫老人说：1938年秧子抽穗时，就开始测量征地，下半年（冬天）就开始修了，一直没有停过，一直修到5个脑壳的飞机（B-29）飞来，以后都还在修。看来，老人也许将前后两次机场扩修后的零星配套、修补工程混为一谈了。

而事实是，1943年11月，罗斯福致电蒋介石，提出："美军将在中国成都附近修建B-29轰炸机机场。"四川省政府主席张群召开紧急会议，部署"特种工程"的时间，有明文记载，是1943年12月。成都周边新津等4个B-29机场的开工时间是1944年1月15日。因此可以断定，新津机场不可能完成于1943年下半年。家住机场周边的老人们坚持说，第二次大修机场时，因为到处都搭着工棚，有两季庄稼没有收。按照当时（1943 年 8 月）新津机场测量、征地和拆迁的时间，次年的小春、大春作物都没有下种，自然那两季就不可能有收获了。而各县民工的撤离，则完全是根据各县民工大队完成自己所承担工程的具体时间而定的。各县民工是陆陆续续撤走的，他们往往都会放上一把火，把他们的那些藏着臭虫、跳蚤或虱子的铺草化为灰烬。

彭山机场上的 B-29 轰炸机

那么，B-29 飞机到底是哪天飞到新津机场的？

有一种代表性的说法：1944 年 4 月，各个机场已粗具规模，4 月 24 日，第一批 B-29 开始进入各机场。

家住机场东南边界陈林盘的陈友清老人说："B-29 飞来的那天太阳很大，那天飞来五六架，那时候机场还没有修完，正在拉石磙碾压。大概是第 3 架飞机在降落时出了问题，飞机滑向拉石磙的民工，机头上的风扇当时就撞死了几个人。"

彭绍鑫老人说："现今飞行学院大营门口的公路对面，当时是一片乱葬坟园，B-29 飞机飞来的那天，坟园头停了七八具给飞机撞死的死人，身上遭撞得稀烂。"

看来，B-29 首次飞来的时间，在当地耄耋老人的记忆中只能是感性的了。

其实，从 1944 年 4 月 24 日起，数架改装为运输航空燃油的 B-29，就天天在印度加尔各答和新津之间来来往往。由第 20 航空队首任司令官乌尔夫准将亲自率领的第一批 B-29 编队，首次出现在新津机场上空的时间，也有着明确的记载：1944 年 6 月 13 日。

1938 年农历二月初五出生的刘思俊老人告诉我，当时他已 6 岁多，他十分清晰地记得：有一次，他在机场东南边的大机棚附近玩耍，天上突然像打雷一样飞来很多 5 个头的飞机，黑压压地遮盖了头顶上的天空。这些飞机飞到以后，按顺时针方向沿着机场的上空兜着圈子，一架接一架地降落。他和小伙伴们兴奋地大呼小叫，赶紧数数，发现竟然有近 50 架之多。这是他平生第一次见到的最多的飞机。从新津县农机局长的位置上退休的刘思俊，后来多次把当天的深刻印象讲给家人和朋友听。但他却说不清那天究竟是何年何月何日。我想，这应该就是乌尔夫准将率领 B-29 机群首次出现在新津上空的那天吧。

其实，要弄清新津机场和美国驻军的来龙去脉，说简单也很简单。反正美国和台湾方面的有关历史档案已经解密，只要去趟美国，查阅第 14 航空队和第 20 轰炸总队（第 20 航空队的前身）驻新津机场的档案记录；再去趟台湾，查阅空军第 11 总站的档案记录，一切问题和疑惑都会迎刃而解。

第三章 新津机场与"马塔角行动"勇士

第二次世界大战结束至今，才不过数十年时间，究竟"二战"中是美军的哪支航空队进驻新津机场，现在却成了一笔糊涂账。

翻开1989年版的《新津县志·第十七篇政治大事记》，其"三修飞机场"一节有着明确的记载："新津机场扩建完成后，美国空军第14航空队B-29重型轰炸机一个大队27架飞机，包括机修人员共257人，及辅助装备流动式高射炮、高射机枪等，立即进驻机场。"影响所及，某些写"二战"时新津机场的文章即以此为据，似乎已成定论。

因为美军第14航空队的司令是陈纳德少将，该航空队的前身就是名扬天下的飞虎队，于是新津人就理直气壮地认为：当年新津机场驻扎的是美军飞虎队。新津县有关部门甚至出了公告，征集驻新津机场飞虎队的遗物，正在积极筹建"飞虎队纪念馆"。但问题是，"马塔角行动"的勇士明明是美军第20航空队的老兵，他们至今仍有数百人健在，如果新津果真张冠李戴，建成了"飞虎队纪念馆"，那些真正在新津机场驻防过的美军"二战"老兵不知会做何感想。

陈纳德

成都有一位名叫李肖伟的作家，他是"马塔角行动"的研究者，多年来一直孜孜不倦地做着努力，著有《B-29在中国》一书。2003年7月22日，李肖伟现身新津档案馆，查找当年美军飞机在新津失事和"驼峰行动"的历史资料，他向馆方捐赠了他搜集来的76张老照片。为了写书，李肖伟曾经写信与美国方面联系。当年轰炸日本本土的"马塔角行动"勇士仍有200多人健在，他们成立了一个协会，每年都要聚会。他们向李肖伟捐赠了76张老照片。这些老照片主要摄于1944年，是当年驻扎新津机场的美国大兵拍摄的，不仅客观地记录了美国大兵在新津的一些情况，新津的历史旧貌、民工修机场的情况，还记录了新津那时的民俗风情。这批老照片极为珍贵，新津人简直如获至宝。我作为新津的一个本土作家，对李先生多年来研究B-29在中国帮助抗战以及馈赠这批老照片的善举，一直心存感激，只可惜至今无缘谋面结识。

新津曾就建"飞虎队纪念馆"一事专门征求李肖伟的意见。2009年4月1日，他给新津县人民政府的一位副县长回信，谈了自己的看法：

……

第三，文中提到"主题飞虎奇兵：全面概述抗日战争期间美军援华的整体情况，着重展示陈纳德将军和他的飞虎队的传奇经历"。

我的意见：取名"飞虎奇兵"，这个名字与建川博物馆的援华美军馆馆名一字不差，有抄袭的嫌疑，并且不准确。

陈纳德将军所率领的"飞虎队"并不在新津，而是在昆明、桂林、柳州、重庆、湖南、江西、陕西等地，所以，大多数"飞虎队"员到中国，都不会来成都，而多数是去昆明、桂林等地，因为这些地方是他们曾经战斗过的地方。

而真正在新津驻扎的美军（第40轰炸大队），如果他们来新津，看到这里并没有展示他们，他们会很失望；同时，又看到这里展示的是其他的部队，他们更会感到莫名其妙。美国老兵现在虽然很老了，但他们还没有完全糊涂，他们很清楚他们在中国的驻扎地。

陈纳德的部队和李梅的部队不能混淆，这就像八路军和新四军不能混淆一样。

在新津展示陈纳德的飞虎队，和建川博物馆展示的内容雷同，而且内容不一定有建川丰富。

我相信，在今后，不论从中国民间收集到的，还是美军捐献的图片、影像资料中，如果是和新津有关的，那就几乎与"飞虎队"无关，而很可能与"第40大队"、与"第20轰炸机总队"有关，因为历史的原貌就是这样的。

客观、冷静、理智，实话实说，这就是李肖伟的研究态度，令我肃然起敬。

在中国，"飞虎队"几乎就是传奇英雄的代名词，人们一提到"飞虎队"，心里就会升腾一种景仰的情感。但其实，国人心目中的"飞虎队"是个笼统的概念，把凡是"二战"中在中国战斗过的所有美国飞行员都统称为飞虎队。近年来，国人才惊奇地发现，来自美国的飞虎队中竟然还有我们中国的飞行员。

在理清新津机场与飞虎队的关系之前，我们需要先澄清一个概念：飞虎队的特定含义究竟是什么？

1. 美国人对援华空军的表述

对于中文中大量使用的"飞虎队"一词，英文中却并非使用同样的表达方式。美国人认为："在中译英或者英译中的时候，需要仔细斟酌，以保证这个名称的正确使用。"

美国人自己对于"美国援华空军"有5种完全不同的表达方式:

其一,起初的"飞虎队"。是指自1941年下半年至1942年7月在中国服务的"美国志愿援华航空队"(AVG),这个航空队很小,只有100名美国飞行员和250名地勤人员组成。当时美国尚未参战,该队队员被罗斯福总统命令退出美军现役,由中国政府航空顾问克莱尔·陈纳德招募而来。该航空队中没有中国队员。该队于1942年7月4日正式解散。在任何情况下,这300多名"美国志愿援华航空队"队员在英语中都被称为"飞虎队"或者"飞虎队原型"队员。

其二,更多的飞虎队员。"美国志愿援华航空队"麾下飞机及一支小队留在了中国,成为新的"美国空军驻华特遣队"(China Air Task Force)的一部分,其主要战斗单位是第23战斗机大队。它的显著徽标是刻画了一只带翅膀的老虎和闪电霹雳。

1943年3月5日,该队改编为第14航空队。该队的徽标是带翅膀的老虎。在英语中,奉命前来中国并接受陈纳德将军指挥的任何人(包括美国志愿援华航空队、美国空军驻华特遣队、第14航空队)都被称为"飞虎队员"。在战争中,被分配到美国空军驻华特遣队和第14航空队的飞行员有数千人之多,还有更多的地勤和后勤人员。"二战"结束时,第14航空队拥有20000人和1000架飞机。现在有约1800名成员依然在世。

在美国空军驻华特遣队和第14航空队中,有许多美籍华人,他们是受陈纳德将军指挥、在美国接受了训练、驾驶飞行战斗机和轰炸机的中国空军人员。他们是"飞虎队员"。许多人被分配到中美空军混合联队。

其三,杜利特尔空袭队员。指1942年4月18日,由吉米·杜利特尔中校率领16架载有80名美国机组成员的B-25中轻型轰炸机,从"大黄蜂号"航母甲板上起飞，轰炸了日本境内的目标。目前，杜利特尔空袭队员中的 18 人仍然健在。在英语中，他们并不被称为"飞虎队员"。

其四，"驼峰航线飞行员"。特指驾机飞越印度至中国的"驼峰航线"的空中运输飞行员。这些飞行员大部分是美国人，大都在空军运输司令部服役，也有属于驻印度的美军第 10 航空队的人员，还有中国航空公司里飞该航线的中、美两国飞行员。至今有数百名美国飞行员和数十名中国飞行员仍然健在。

空军运输司令部各单位并非由陈纳德将军指挥。在英语中，除极少数在"美国志愿援华航空队"或第 14 航空队中服过役并且飞过该航线的飞行员外，"驼峰航线飞行员"并非"飞虎队员"，二者不能混淆。

其五，"马塔角行动"中的勇士。从 1944 年 6 月至 1945 年 1 月，美国的 B-29 轰炸机发起了对日本及其控制领土上其他军事目标的打击。这些轰炸机被分配给第 20 航空队司令部，他们直接受华盛顿的指挥。英语表达方式并不称呼他们为"飞虎队"。"马塔角行动"中的老兵有数百名仍然健在。

作为外国人，我们理应尊重并使用美国人自己对"援华空军"的表述方式。

2. 驻扎在新津机场的是第 20 航空队

那么，我们现在就来看看，新津机场究竟有没有驻扎过飞虎队（第14 航空队）？

"二战"时，美国并未单独组建空军，而是仅有陆军和海军，航空队则分属于陆军与海军统领，美国空军正式成立的时间是 1948 年 6 月

第一架 B-29 轰炸机飞抵新津机场

11 日。整个"二战"期间，美国只建立了 15 支航空队，这些航空队部署在世界各地，担负着反法西斯的作战任务。航空队是当时美国陆军航空兵总部属下最大的空军战斗建制。1944 年 4 月，美国成立了第 20 航空队的前身——第 20 轰炸机指挥部，这是一支秘密组建的战略部队，所有成员全是美国人，它组建的战略目的，就是为了轰炸日本本土，以迫使日本早日投降。这个战略计划的代号，就叫"马塔角行动"。为避免中缅印战区司令史迪威及陈纳德会把 B-29 轰炸机用于自己辖区的作战，该航空队直接受华盛顿参谋长联席会议的调遣。

有一本书名叫《飞虎的咆哮》，写的是"二战"中美国飞行员在中国战场的亲身经历，编著者是美中航空历史遗产基金会执行主席杰夫瑞·B·格林先生。该书第七章一开篇就写道："1944 年 6 月至 1945 年 1 月，新组建的第 20 航空队第 58 轰炸机联队 4 个大队的 B-29 轰炸机部署到了成都地区的广汉、邛崃、新津和屏山（彭山）4 个机场，这代表着阿诺德将军等空军战略思想家所构想的空中战略的形成。"该书第七章名叫《轰炸日本》，原著者讲述的正是进驻新津机场的美军第 20 航空队第 58 轰炸机联队轰炸日本本土的故事。

2007 年夏，新津县档案局编印的内部读物《新津抗战档案资料汇编》影印本一问世，关于新津机场驻扎美军的问题其实就毫无悬念了。该原始档案用中英文明确地以毛笔记载着："（1）为'美军伍拾捌轰炸团'（属于贰拾轰炸总队驻新津机场）；（2）为美军贰拾轰炸总队（驻新津）；（3）为美军成都区地勤服务大队（驻新津）；（4）为美军第肆拾轰炸大队（驻新津机场）"。

这里产生了一个疑问，格林先生书中所说的"新组建的第 20 航空队"，是否就是档案中所说的"美军贰拾轰炸总队"呢？《飞虎的咆哮》这本书的第七章，作者是罗伯特·希尔顿（Robert Hilton），他当年是

"第20轰炸机指挥部第40轰炸机大队美国陆军航空兵机载机枪手兼航拍摄影师"。他在文章中明确写道："当时我是第20航空队的前身即第20轰炸机指挥部下属的第40轰炸机大队的一名空中摄影师。"由此可见，驻扎在新津的这个"美军贰拾轰炸总队"就是第20轰炸机指挥部。

美军第20轰炸机指挥部负责执行中缅印战场的战略轰炸任务，下辖驻扎在华西空军基地的第58轰炸机联队（由乌尔夫将军的副官哈曼上校指挥）和驻扎在印度基地的第73轰炸机联队（由汤姆斯·H·查普曼上校指挥）。第58轰炸机联队下属4个轰炸大队，它们是：驻新津机场的第40大队，驻广汉机场的第444大队、驻邛崃机场的第462大队、驻彭山机场的468大队。第40轰炸大队的全称部队番号，是"第20轰炸机指挥部第58轰炸联队第40轰炸大队"。第40轰炸大队下辖第25、第44、第45、第395等4个轰炸中队。这个第40轰炸大队战功卓著，自1944年4月起，就飞越驼峰，空运补给中国基地的战略物资，6月16日初次空袭日本，后来还攻击了缅甸、泰国、中国满洲和汉口、中国台湾、印度尼西亚等地的日军。

"1944年2月上旬，第一批美军地勤人员，带着各种设备器材，分乘12架巨型运输机降落在新津机场后，陆续不断地由20多架运输机运来各种设备器材、物资、汽油、弹药、交通工具以及指挥人员、宪兵、随军牧师、医护、宣传、杂差等分类人员，分别降落在7个机场。2月下旬以后，各种空勤人员亦各乘各种轻重轰炸机、战斗机降落在指定的机场内。从此，随着各种飞机数目的增加而逐日增加人员。到1944年12月圣诞节为止的统计，美空军平均常驻扎川西7大机场的各种类型飞机在250架以上，人员在8000（名）以上。"（见侯少煊、熊倬云合写的文史资料）

1944年6月13日，第20航空队的首任司令官肯尼斯·B·乌尔夫准将率领该大队的 92 架 B-29 飞机离开印度（由于讨厌的引擎事故，仅有 79 架到达中国，一架在途中坠毁，另外的由于故障退出），每架飞机从印度起飞时就装载了 1814 千克炸弹。这天，当乌尔夫率领的第一批编队首次出现在新津机场的上空时，四川省主席张群及国民政府的一些要员、县长出现在新津机场欢迎盟军友人。当 B-29 飞机呼啸着在机场的崭新跑道上稳稳降落时，欢迎的人群很是激动。他们之前只听说过 B-29 是机翼超长、机身超大、有着 5 个机头的庞然大物，一旦真的仰望着山岳般的“超级空中堡垒”，人们立即被其磅礴的气势所征服。张群宣读了蒋介石赞扬机场建设者们的电报之后，举行了盛大的欢迎宴会。

从 1944 年 6 月中旬至次年元月，美军驻华西空军基地的 B-29 飞机从新津、邛崃、彭山、广汉机场起飞，执行轰炸日本本土的“马塔角行动”计划。1945 年 2 月，为了更有效地实施轰炸日本本土的战略意图，驻在上述 4 个基地的第 58 联队的 B-29 飞机全部悄悄撤离中国，撤回到印度的基地。历时 8 个月的“马塔角行动”于是宣告结束。

从新津档案馆提供的原始档案来看，美军华西空军基地的司令部——第 20 轰炸机指挥部以及下属的第 58 轰炸机联队指挥部是在新津安营扎寨的，该司令部的具体位置应该是建在蔡湾一带的美军某座营房里面，即今天的成都空军某雷达团团部附近，距离当时的新津机场西北边界约 1 公里处。

我这里还有两个旁证：其一，美国驻华大使馆中文网站有一篇裴孝贤（Donald M. Bishop，美国驻华大使馆公使衔新闻文化参赞）的署名文章，题目是《二战期间的美国和中国作战纪要》，该文明确指出："1944 年 6 月到 1945 年 1 月，4 个大队（16 个中队）的 B-29 轰炸机被部署在成都地区——广汉、邛崃、彭山、新津的机场上，这些机场是由数万名

中国劳工修建的。它们包括新成立的第 20 航空队的第 58 轰炸机联队。"

其二，当年在新津机场服役的"二战"美国老兵柯宾的说法。2005年，柯宾老人 83 岁时，于 8 月 19 日重回当年的新津机场寻梦。他回忆说：第 58 重型轰炸机联队（团），下辖 4 个轰炸机大队，一个大队又下设 4 个中队，每个中队配备 10 至 12 架数量不等的 B-29 轰炸机。新津机场是"二战"时期亚洲最大的轰炸机机场，也是第 20 轰炸机指挥部所在地。

"马塔角行动"的研究者李肖伟认为："新津机场在第 40 轰炸大队撤走以后，曾经驻过第 308 轰炸大队的一个中队，同时，第 312 战斗机联队的部分战斗机也在此驻过，它们都是陈纳德的部队，所以说，'飞虎队'也可以说在新津驻扎过。"

但是，当年一直为 B-29 加油装弹的上士班长薛树铮老人（驻新津机场中国空军第 11 总站机械士）斩钉截铁地告诉我："没有，新津机场从来没有驻过飞虎队，他们驻在双流，有时最多有五六架战斗机从新津路过！"

3. 飞虎队队员吴其轺的故事

由于以讹传讹，"'二战'时驻扎新津机场轰炸日本本土的是飞虎队（第 14 航空队）"这一错误概念，不仅先入为主，而且根深蒂固。于是便顺理成章地发生了邀请飞虎队员吴其轺重访新津机场的故事。

这位可敬的吴其轺老人，是飞虎队（第 14 航空队）里的传奇中国英雄。

吴其轺是闽清十五都人，1918 年出生。在吴老的战斗生涯中，曾经有三次死里逃生的经历。第一次是 1941 年 6 月 22 日，那时他刚毕业入伍，他和战友们驾驶着6架教练机，从成都飞往广元进行疏散隐蔽，途经嘉陵江方向快活岭一带时，他们与4架日本神风战机相遇。在离干溪河河面40米的高度，吴其辂被日机击中落水，臀部、腿部多处受伤，被飞机扣在水中。日机接着来了一个俯冲，扔下一串炸弹，妄图将他炸死。由于飞机机壳的阻挡，因受伤而在水中昏迷的他幸免于难。但燃起大火的飞机把江面烧得通红，飞机附近的江水迅速受热升温，若不是当地的老乡们划船赶来救他，他肯定会被煮死，好几位救他的百姓都因此被烫伤了。吴其辂在那个叫快活岭的地方养伤一年多，伤好后回到了部队。

第二次是1943年初，他驾驶P-51战斗机，与14航空队的战友们一道，对湘潭的日军目标实施打击时，不幸被日军高射机枪击中，他在座机身中数十弹的危急情况下，竟然奇迹般地坚持把飞机飞回了芷江机场。

第三次是1945年4月12日，他所在的14航空队中美混合联队受命打击武昌火车站的日军地面部队，他驾驶的P-51战机的引擎被敌机击中失灵，迫降在湘西辰溪县龙头庵乡的一条大河的河滩上，当地村民肖隆汉将他救起，立刻用轿子把他抬回家。两天后，吴其辂搭上一辆货车，顺利赶回了120多公里外的芷江机场。吴老这几天的失踪记录，至今仍保存在美国空军的档案中。

吴其辂最值得自豪的日子是1945年8月21日，这天，他与中队长张昌国一道受命，前往岳阳上空，押解作降使的侵华日军头目冈村宁次的副总参谋长今井武夫的飞机到芷江请降。受降日机在吴其辂和战友们驾驶的中方四架飞机的押解下，沿着芷江上空绕场三周，向中国军民谢罪、乞降。11时25分飞机降落后，今井武夫一行低头走下飞机缴械。

由于吴其辂参加过88次对日空中作战，抗战胜利后，他和其他美

国飞行员一样，获得了盟军总部授予的"飞行优异十字勋章"，以及"航空勋章"和"单位集体荣誉勋章"。

1949年，大陆即将全面解放，通过在香港的中共地下党员的帮助，身在台湾的吴其轺在香港起义，回到天津后，在我空军南苑机场担任教官。1950年，吴其轺因为身体原因退出空军，从此永远地离开了他所钟爱的蓝天，在杭州之江大学图书馆担任馆员。

1950年的冬天，镇反运动开始，吴其轺从此遭受不公正的待遇，先是藏在他姐姐家的三枚勋章和证书被没收，3年后又因无法通过政治审查而被大学除名，接着又被送去劳教。这一劳教就是20年，直到1974年，吴其轺才得以回到杭州以蹬三轮车为生，这时他已经56岁了。1979年，吴其轺终于盼来了新生的一天，他被彻底平了反，恢复了政治名誉，并且补发了一本起义人员证书。

2009年3月，多年来一直在苦苦追寻，并且一直渴望向四川广元快活岭的乡亲们当面谢恩的吴老，来到成都。新津有关部门的领导从报上得知消息，特意赶赴成都盛情邀请吴老访问新津机场。《今日新津》刊载了一篇比较感人的、题为《60年梦回吹角　飞虎队老将泪洒新津》的报道。记者周利华满怀激情地写道：

3月9日晚，当县文化局得知吴老从四川广元谢恩回到成都后，立即驱车赶往成都拜访了老人，当把特意准备的发掘到的飞机残骸和收集到的"二战"老照片展示给老人时，他激动地说："我永远忘不了那天。"他回忆道，当年在成都凤凰山机场，敌机来袭，他与战友驾驶毫无作战能力的6架教练机立即升空往广元疏散。途经岷江"快活岭"一带，与4架日本神风战机相遇，在离江面40米高度，被日机击中落水，臀部、腿部多处受伤，整个人被飞机扣在水中。日机随后又一个俯冲扔下了一串炸弹。他臀部中了4弹（？），在水中昏迷过去。是当地的老乡们划船赶来，将落水的他和战友救起。吴老至今记得，当时飞机发动机燃起大火，飞机烧得通红，附近的江水也很烫，好几位救他的百姓都被烫伤了。如今他的右腿还有大片大片灼伤的痕迹。

第二天一早，吴老在县文化局相关负责人的陪同下，一起来到他曾经生活战斗过的新津，一路上，他没有讲自己的赫赫战功，而是大讲特讲起当年飞机失事后老百姓对他的无私救助。在县文物管理所，他看到了 2003 年在我县出土的飞机残骸，一一仔细辨认，老人认出这里收藏的一架 60 多年前被击落坠毁的 B-29 重型轰炸机的机头残骸。老人说，他当年驾驶的是 P-38、P-61 型战斗机，双流、太平寺、新津等地的很多机场他都待过，其中新津机场待的时间最长。

"就是这里，就是这里……"走进中国民航飞行学院新津分院，特别是踏上废弃的飞机老跑道，原本平静的吴老难掩心中的激动，他举目凝望头顶掠过的一架架教练机，泪眼婆娑。不停地向同行的儿子吴缘介绍："这是上单翼，机翼在上面……这是下单翼，机翼在下面……"

对于吴其辂这样一位"二战"时的飞虎队传奇英雄，能够回访作为"二战"中亚洲的著名大机场——新津机场，那真是新津人的荣耀，新津有关部门领导的这一举动也颇有人情味，展示了新津人热情好客的风采，值得赞赏。

但是，如此一来，是否就可以说，这就证明新津机场当时驻扎的确是轰炸日本本土的飞虎队（14 航空队）了呢？回答显然是否定的。有三条实证可以支持我的论点。

其一，陈纳德的 14 航空队只有两个轰炸机大队——第 308 重型轰炸机大队（使用 B-24 飞机）、中美空军混合联队第一大队中型轰炸机大队（使用 B-25 飞机），这两个轰炸机大队从未执行过"马塔角行动"计划的战略轰炸任务，并且这两种飞机的性能也不堪担此重任。14 航空

队从未装备过 B-29"超级空中堡垒"。

其二，2005 年 9 月 6 日至 7 日，湘西小城芷江举办第二届中国芷江国际和平文化节。占地 4000 亩的芷江机场当年是远东第二大盟军机场，驻扎有陈纳德的飞虎队和国民党的第三、第四集团军，从芷江机场起飞的飞机，对日军在中国的重要军事目标进行轰炸，夺取了日军中国战区的制空权。央视播出了这届文化节的文艺演出录像，凤凰卫视的吴小莉是演出时的主持人之一，录像特意插播了一段飞虎队老将吴其韬到湘西龙头庵乡寻访救命恩人的专题片。该专题片的解说词明确说道：吴其韬在"抗日战争时期，曾经是驻扎在芷江机场的一名优秀的飞虎队员"。

其三，是互联网上"14 航空队中美空军混合联队 CACW、中国飞虎研究会（原空军退役人员协会）"办的网站，对于原 14 航空队中美空军混合联队的历史而言，这是很权威的一个网站。进入该网站，在"第 5 大队战斗机大队"中，吴其韬榜上有名。对于第 26 中队的这名优秀的飞虎队队员，有着明确记载：

1941 年 1 月 5 日，吴其韬从笕（按：疑为笕）桥空军学校毕业，被编入中美空军混合团战斗机大队（又称空军 5 大队），进驻当时中国空军的摇篮——湖南芷江机场。在芷江，吴其韬衔至中尉，官至分队长。

吴其韬在芷江空军基地驻扎 4 年多，其间他在空中执行飞行任务 800 小时，参战上百次。他曾 4 次飞越"驼峰航线"到印度接新飞机，参加过对长江、湘江日舰的轰炸，突击过百螺矶、南京、汉口、桂林等日军占领机场，打击过运动中的日军和固定军事目标。

基于以上的考证，我可以负责任地说：吴其韬所在的飞虎队（14 航空队中美空军混合联队）从未在新津机场驻扎过。当然，这并不排除他本人或许驾驶飞机从新津机场路过，甚至或许还曾经在新津机场待过一段时间。

第四章　长空鏖战

美国人称新津机场为"成都美国陆军航空兵重型轰炸机 A–1 基地"。美国大兵称呼新津为"Hsinching"。

实施"马塔角行动"计划，完全是在等米下锅，成都这边的机场建成在即，而主角 B–29"超级空中堡垒"却"千呼万唤始出来"，直到 1944 年 3 月第一批加班加点生产出来的 B–29 飞机才出厂装备部队。

1. 第 20 航空队的两任司令官

第 20 航空队的第一任司令是肯尼斯·B·乌尔夫准将，他指挥 B–29 对日本目标的第一次轰炸，是在 1944 年 6 月 5 日，目标是日占区泰国首都曼谷马卡桑（Makasan）铁路枢纽。往返航程长达 3638 公里，创下了开战以来轰炸作战航程纪录之最。由已经接替哈曼担任第 58 联队指挥官的桑德斯准将亲自率队出征。B–29 这个巨无霸，是 1944 年 3 月才装备部队的全新机种，时间紧迫，飞行员根本来不及从头训练，只好临时从欧洲和北非前线调了一批飞 B–24 轰炸机的飞行员，进行适应性的突击训练。但 B–29 轰炸机本身还从未经过实战的检验，飞行员对长途奔袭轰炸日本本土完全没有把握。这次轰炸曼谷，虽是小试牛刀，但对初次参战的 B–29 机组人员而言，却是一次挑战，更是一次积累经验的实战演练。98 架参战的 B–29 轰炸机从印度加尔各答基地起飞，由于飞

行员过度紧张，一架B-29刚起飞就不幸坠毁，14架中途发生故障返回，还有几架迷失了方向未飞抵目标，其余的飞机在接近曼谷时已不成队形了。返航时，2架飞机中途坠毁，2架坠入了孟加拉湾，还有42架由于燃料短缺而降落到其他机场。只有79架成功飞抵曼谷，轰炸了当地的火车调度场。但是，"马塔角行动"的勇士们吸取了经验教训，义无反顾地准备向日本本土进军了。

轰炸泰国的次日（6月6日），正是美英盟军精心策划的"霸王行动"正式打响的D日，正当欧洲诺曼底战场成为艾森豪威尔将军所说的战争领域的最大屠宰场之时，华盛顿统帅部却把目光投向了遥远的东方太平洋战场，向此时身在亚洲印度的乌尔夫将军发送急电。急电称：为了配合海军陆战队即将开始的塞班岛的登陆，减轻正在执行"一号作战"计划的华东日军对陈纳德将军的14航空队的压力，第20轰炸机指挥部必须尽快开始对日本本土的轰炸。

其实，轰炸日本的日期最初是定在1944年5月1日的，这个日子本来是在盟军登陆诺曼底的日子之前。但"马塔角行动"的前提是，必须要有足够供所有B-29消耗的"空中燃料"，每一架B-29必须进行六趟航空燃油的运送，才可能实施一次对日轰炸。为了如期轰炸日本，乌尔夫下令改装了20架B-29，炸弹舱被改装成燃油存储舱，加装了卸油管，将尾炮以外的所有自卫武器全部拆除以减轻重量，超级战略轰炸机变成了前所未有的"超级运油机"。一架改装成运油机的"超堡"每趟可运7吨燃油。在运油飞行中，B-29在成都基地尽可能多地卸下汽油，余油只要能顺利返航飞回印度基地就行。自重60吨的"超级空中堡垒"，真是超级笨重，超级耗油，它平均每运送一加仑汽油，自身就要耗掉7加仑汽油。第20航空队不远万里飞到印度安营扎寨，又飞越被称为"驼峰航线"的喜马拉雅山脉南麓，来到华西空军基地，本意是为了轰炸日本本土，现在，却迫不及待地搞起运输来，与专门从事空运的美军第 10 航空队、美军空运总队（ATC）和中国航空公司一样，在"驼峰航线"上往返，自己给自己输送补给。但 B-29 的运输航线与上述专飞"驼峰"的 3 家不同，整条航线，只在必经之路——喜马拉雅山脉南麓上空与它们重合，其余航线都是自己开辟的，它是从印度的加尔各答经特兹普尔再到萨地亚、葡萄、丽江、西昌、乐山，最后才在成都周边新津机场等基地降落。

驼峰航线

此时，乌尔夫才明白，为什么阿诺德将军在"马塔角行动"计划中谈到中缅印战区的后勤供应问题时，要特别强调："请记住，任何运往中国的东西必须空运！"乌尔夫下令，总共 30 架经过改装的 B-29，每天必须两趟飞越"驼峰"，不断向成都基地运送汽油。而每向日本发动一次进攻，至少要出动六七十架 B-29，没有 4400 吨燃油就免谈。第 20 航空队自身运力极为有限，在运行了一段时间后，乌尔夫发现根本无力

按计划完成运输吨位，于是，他只好向美军空运总队（ATC）求助。但忙于昼夜运输补给第 14 航空队和中国国民政府战略物资的美军空运总队，他们的运输机都是不能加压的，不仅终日冒着高空的严寒，在狂风、暴雪、浓雾、骤雨肆虐的复杂气候中飞行，几乎每天都有飞机坠毁和飞行员牺牲，而且自身的运力也早就达到了极限。尽管如此，ATC 还是尽可能地支持了乌尔夫，包括 C-47 和 C-109 在内的一些运输机，也参与了运油行列。

至 1944 年 5 月底，第 20 航空队向中国运输作战物资达 245 次，这样的物资运输工作此后还将持续到六七月份。5 月 1 日这一天，由于成都基地贮存的燃料严重不足，空袭行动被迫取消，经过对成都储油量的计算，乌尔夫被迫将轰炸日本的日期推迟到了 6 月。

对于华盛顿在"霸王行动"正式打响的"D"日发送的急电，乌尔夫自有主张。他认为头天刚遭受过严重损失的他的 B-29 机群应该得到休整补充，同时希望中国成都基地能储存更多的弹药和油料，认为到 6 月下旬开始对日本本土轰炸更为妥当。华盛顿驳回了他的陈述，对他下达了死命令，即：他必须在 6 月 15 日之前，至少派遣 70 架 B-29 轰炸日本。但这时只有 86 架 B-29 可以加油挂弹出征，但起飞后一般至少会有 20 架由于种种故障退出，乌尔夫生怕无法圆满完成华盛顿的这一指令。

九州八幡制铁所是日本钢铁工业的最重要的头号空袭目标，华盛顿决定在 1944 年 6 月 15 日夜炸平它；同时，也确定了中国山东沿海的一个极为重要的日占港口作为空袭的备选目标。作战计划把机群分为两组，规定分别在 2500 至 3000 米、4000 至 5500 米的两个高度投弹，每组飞机配备一架负责照亮目标的探路机。成都当地时间 1944 年 6 月 15 日下午 4 点 30 分为起飞预定时间，机群到达目标上空时将是午夜。为

美军设在新津机场的指挥所

美军飞行员在招待所用餐

了完成华盛顿极为看重的这次战略轰炸任务，乌尔夫于 1944 年 6 月 13 日亲率第 58 联队的 92 架 B-29 飞机离开印度，飞往中国，但由于讨厌的引擎事故，仅有 79 架顺利到达中国成都基地。

15 日下午 4 点 16 分，新津、彭山、邛崃、广汉等 4 个机场驻扎的 4 个轰炸机大队开始起飞，各机场 B-29 轰鸣的发动机声震耳欲聋，每架飞机以两分钟的间隔鱼贯滑行，然后起飞升空，在预定的空中编队后，直扑日本。起飞时共出动了 75 架 B-29，起飞后不久，就有 4 架由于机械故障被迫退出任务返回机场，比华盛顿所要求的至少出动 70 架只多了 1 架。成都时间晚上 11 点 38 分，第一架 B-29 飞抵目标上空。当 B-29 机群抵达八幡市时，日方因为早就得到了情报，空袭警报早已预先发布，实行灯火管制的目标区笼罩在沉沉夜色中，加上钢铁厂产生的烟雾和厚厚的云层混成一片，发出强烈光束负责照亮目标的探路机完全成了地面防空炮火的活靶子。

其实，在 B-29 机群飞越黄海时，就被济州岛的日军防空警戒雷达发现了。根据计算，日方得知美军飞机抵达九州时将是夜晚。当时，日本方面早已得到美军配备了 B-29 远程重型轰炸机的情报，负责日本本土防空的陆军航空兵根据陆军参谋部的指示，专门成立了用于夜间拦截美军空袭飞机的第 53 飞行战队，并要求地面部队为作战飞机配备探照灯，提供夜间射击指示。但是，第 53 飞行战队此时还部署在关东，远水救不了近渴。而在九州一带的小月基地，只驻扎着第 4 飞行战队，幸好该战队的屠龙式战斗机可以进行夜间拦截，只好孤军迎战。

拥有 35 架战斗机的第 4 飞行战队，只有 25 架可以出动，能承担夜间飞行任务的虽然只有 15 人，但战斗意志顽强。更重要的是，他们曾做过以缴获的美军 B-17 轰炸机为对象的飞行训练，具备拦截大型飞机的成熟经验。

日军屠龙战斗机

　　15 日午夜，美军 68 架 B–29（日本方面谎称为 75 架）组成的机群一进入"投弹轨迹"，就下降到 3000 来米的高空。第 4 飞行战队立即起飞拦截，该战队的指挥官非常狡猾，他命令 4 架屠龙战机爬升到高空潜伏，等待攻击机会；仅以少数飞机不顾一切地冲进 B–29 机群，其目的是冲乱对方的队形，首先打破 B–29 机群的防卫体系，潜伏的飞机立即俯冲攻击。日机这种自杀似的拦截战术是 B–29 机群始料未及的，美机纷纷闪避，防卫体系立刻被冲乱，屠龙机立刻抓住机会大开杀戒，"超级空中堡垒"枪炮齐射，红红绿绿的曳光弹照亮了夜空，双方打得难解难分。经过两个小时的激战，日方事后公布取得击落 6 架、击伤 7 架 B–29 的战果显然是夸大其词，还说第 4 飞行战队损失相当轻微，仅有一架战机中弹受伤，不过可以修复。但是，美方公布的损失与日方公布的战果却大相径庭，实际上，返航时有 5 架 B–29 在着陆时坠毁，被日军屠龙式战斗机击落的只有一架。孰是孰非？不得而知。

　　这次轰炸计划虽然雄心勃勃，但战果却不容乐观，天气原因加上日

军战斗机的疯狂攻击扰乱，只有15架B-29以目测投弹轰炸，另外32架靠雷达进行了轰炸。但仅有一枚炸弹命中了目标——投到目标区附近，炸毁了一个发电厂。八幡市的小仓兵工厂和其他一些工厂建筑只遭到轻微破坏，八幡制铁所没有受到实质性的损失。美国媒体却将这次行动描绘成一个伟大的胜利，因为此时的中国战场和太平洋战场都太需要这个胜利来鼓舞士气了。

首炸八幡后，乌尔夫将军被要求继续对日本本土轰炸，但此时在成都基地储备的燃料和炸弹都已经捉襟见肘。他如实向上司报告，说目前暂时还不能执行任何轰炸任务，这就引起了华盛顿对他相当的不满，并且对他的指挥能力产生了严重的怀疑。7月4日乌尔夫被解职，搭乘一架他曾经指挥过的B-29回美国，他很凄凉地向暂时接替他职务的桑德斯准将告别，一个人登上飞机。他一踏进机舱就不由自主地转过身，下意识地望了望足下的新津机场，长叹了一声。上个月的13号，当他率领B-29机群踏上这片土地的时候是何等的风光啊，不料刚刚才过去20天，华盛顿就不再信任他了。他明白，此去一别，他就再也回不来了。B-29的机舱门关上了，他独自一人踏上了回国听候发落之路。

乌尔夫被革职后，兼任其司令职务的是第58联队的指挥官桑德斯准将。准将有感于前车之鉴，赶紧命令B-29往返于加尔各答和成都之间运输燃油和炸弹，乌尔夫离任3天后的7月7日，他匆匆组织了一次B-29的出征，目标是轰炸佐世保、长崎、大村和八幡，到达既定的轰炸目标时，只有18架B-29。综观整个"马塔角行动"，这一次的B-29数量堪称倒数第一，这简直让华盛顿有点啼笑皆非了。一般认为，如果要使某一次出征日本达到预期的轰炸效果，至少需要六七十架B-29到达目标上空反复投弹才能奏效。7月9日，72架B-29起飞轰炸日占鞍山钢铁厂，有一架刚起飞就坠毁，11架由于机械故障而退出任务，另有 3 架被日军击落。

8月10日至11日夜，桑德斯准将指挥第73轰炸机联队的56架B-29从锡兰（现斯里兰卡）的英国航空基地起飞，轰炸苏门答腊（现印度尼西亚境内）港口的储油基地，并在苏门答腊牟锡（Moesi）河中布了水雷。这一次航程为6484公里的飞行极为艰苦，往返用了19个小时，是"二战"中美国长途空袭距离之最。同一天，桑德斯准将还指挥第58轰炸机联队的24架B-29再一次轰炸了长崎。

美国"二战"史的研究者认为：在7月至8月之间进行的所有空袭，都显示了美国陆军航空军指挥官还没有形成战略轰炸的概念，不仅目标规划十分分散，而且缺乏大机群作战的组织和协同的能力，导致大量无谓的损失。

桑德斯准将虽然非常努力，但华盛顿并不真正看好他。为了充分发挥"马塔角行动"计划的威慑力，华盛顿这回横下一条心，给第20航空队指挥部物色了一位既具有巴顿式的强硬，又极具领军才干的铁腕指挥官，这就是第二任司令柯蒂斯·E·李梅将军。李梅当时只有38岁，是美国陆军中最年轻的少将，他之前在欧洲担任B-17的指挥官，战功卓著，声望很高。他于8月29日抵达印度，之后再转飞到成都美国陆军航空兵重型轰炸机A-1基地——新津机场。

李梅是"二战"时的名将之花，这个人很少讲话，也从不微笑，待人冷若冰霜，很不容易接近。哪怕在同飞行员们一起吃饭时，他也向来不说一句话。他将重型轰炸机视为知己，被称为"冷战之鹰"。

1906年11月15日，柯蒂斯·李梅出生在俄亥俄州的哥伦比亚。他在俄亥俄州州立大学获得了土木工程学士学位后，于1928年参军，成为一名飞行学员，起初飞战斗机，后来转飞轰炸机。他曾驾驶B-17"飞行堡垒"式轰炸机，开拓了从南大西洋到非洲和从北大西洋到

柯蒂斯·李梅，东京大轰炸的关键人物

图中的 B-29 单机名为"无畏的多蒂"，为李梅将军的座机

英国的空中航线。他年仅 37 岁就晋升为少将。

李梅是将作战飞机变成杀人机器的天才。当同伴们闲聊取乐时，他的脑海里却在翻腾着在硝烟弥漫的战场上的取胜之道。李梅骁勇善战不怕死，他每次都要亲自带队执行轰炸任务。其实每当飞机起飞时，他的胃就会反射性地剧痛。但他总是以叼着雪茄假装生气而成功地掩饰自己。因为他对于美军来说太重要了，弄得他的上司不得不命令他停飞，不准他以身涉险。

1942 年，李梅亲自组建并极严格地训练出了第 305 轰炸机大队，并率领它来到欧洲战区作战。李梅一到任，就对轰炸机的编队形式和轰炸技术进行了一次大胆的革新。是他命令机组不许采取规避战术动作，杜绝了以往轰炸机群难以击中目标的通病，实现了该大队投向目标的炸弹比其他大队要多两倍的战果。他的"无规避行动"很快成为整个第 8 航空队的口号。是他发明了"交错式"飞行编队，使得美军的 B-17 轰炸飞机可以轻松地反击敌机，而不必担心会射中战友的座机。

李梅是在用 B-17 对希特勒进行了近 20 个月的轰炸之后，被调到太平洋战区担任驻中缅印战区的第 20 航空队的司令的。在这里，他得到了一种新型轰炸机 B-29"超级空中堡垒"和一个新的目标：对日本本土进行战略轰炸。

李梅新官上任三把火，上任伊始的 9 月 8 日，他就组织了一次出征日本，到达轰炸目标时居然还有 90 架 B-29，这是"马塔角行动"期间 B-29 出征数量最多的一次。李梅在逐步增加 B-29 的轰炸任务频率的同时，一面加强机组的训练。他通过调查研究，断然取消了四机菱形编队，改用十二机盒形防御编队。引进并建立了领队机组的概念，由其负责发现和标记目标。李梅还规定：不管是投弹手还是雷达操作员，只要他瞄准了目标之后都可以立即投弹。李梅同时还改编了第 58 联队的编

制，解散了第 395、第 679、第 771 和第 795 中队，每个大队只下辖 3
个中队，每个中队 10 架飞机。

这些改革倒是颇具胆识，却一时难以奏效，因为它需要一定的磨合
期，直到 9 月 26 日对日占区鞍钢的又一次轰炸也未得到预期的战果。
但一个月之后，情况就大不同了，李梅这时又推出了新战术，规定了每
两枚高爆炸弹加一枚燃烧弹的间隔投弹方法。10 月 25 日空袭九州大村
飞机场时，采用了规定战术投弹，结果取得了较好的战果。但由于补给
问题和飞机的不断失事，致使李梅无力集中使用轰炸机，11 月 11 日轰
炸南京没有取得更大的战果。俗话说：道高一尺魔高一丈。日本也在拼
命加强防空兵力，当 11 月 21 日再次轰炸九州大村时，6 架 B-29 被日
机击落。

李梅于是逐渐减少在中国基地起飞的轰炸任务，更多地转向指挥可
以从印度基地直飞的第 73 联队，轰炸新加坡、婆罗门洲、马来亚和苏
门答腊等地的日占区，以减轻补给华西空军基地的压力。

2. "马塔角行动"的战绩与火攻东京

为了准备一次对日本本土的战略轰炸，须飞越驼峰 6 次来运输所需
的燃料。从成都起飞的 B-29 只能轰炸到日本南部地区，难以进一步扩
大战果。由于运输补给困难，加上由中国起飞的 B-29 必须减少载弹量
以运载燃料，所以，B-29 在中国成都周边机场的日子里，只对日本发
动了有限的攻击。计为：

1944 年 6 月 15 日（68 架 B-29）

7 月 7 日（18 架 B-29）

盟军 B-29 轰炸机掠过富士山

日本上空一架 B-29 被击落

7 月 29 日（70 架以上 B–29）

8 月 10 日（24 架 B–29）

8 月 20 日（75 架 B–29）

9 月 8 日（90 架 B–29）

9 月 26 日（83 架 B–29）

10 月 25 日（59 架 B–29）

11 月 12 日（29 架 B–29）

11 月 21 日（61 架 B–29）

12 月 19 日（36 架 B–29）

1945 年 1 月 6 日（49 架 B–29）

到了 1944 年底，由于事故、敌防空火力以及日机攻击成都前进基地等原因，第 20 航空队已损失了 147 架 B–29，光是被日军击落的就达 87 架之多。击落 B–29 的日军王牌飞行员总共 14 名，他们是：绪方尚行中尉（最终军衔，下同）3 架，黑江保彦少佐 3 架，绪方醇一大尉 4 架（1945 年 3 月 17 日战死），鹫见忠夫准尉 5 架，西尾半之进少尉 5 架，川北明准尉 5 架（1944 年 10 月 26 日战死），根岸延次曹长 6 架，佐佐木勇准尉 6 架，出勇大尉 7 架，小川诚准尉 7 架，木村定光少尉 8 架（1945 年 7 月 10 日战死），伊藤太郎大尉 9 架，市川忠一中尉 9 架，小林照彦少佐 10 架。轰炸日本本土不仅补给困难，而且代价过于昂贵，实在是难以为继了。而此时，美军经跳岛战役的作战，已经清除了西太平洋马里亚纳群岛上的日军，并已在该岛上抢修建成了新的 B–29 基地。B–29 从那里起飞，距离攻击目标更近，轰炸不仅可以覆盖日本本土全境，而且轰炸部队也可以很容易地得到穿越太平洋的海上补给。

此外，B–29 部署在新津、邛崃、彭山、广汉机场的日子里，还参加了下列对日本的空中进攻：

1944 年 7 月 9 日 72 架 B-29 轰炸鞍山钢铁厂。

7 月 29 日、8 月 8 日、9 月 26 日，接连三次轰炸了东北辽东半岛的鞍山、大连、本溪湖等日军的工业基地。

1944 年 10 月 17 日，B-29 轰炸了冲绳岛和中国台湾日军机场。

1944 年 11 月 11 日轰炸南京。

1944 年 12 月 7 日和 21 日，B-29 两度轰炸了奉天（沈阳）。

1944 年 12 月 18 日，84 架 B-29 从新津机场升空，汇合飞虎将军陈纳德的 B-24、B-25 轰炸机及 P-51 战斗机等，对汉口日占区进行了大轰炸。

B-29 最后一次从中国成都起飞空袭日本是 1945 年 1 月 6 日，49 架 B-29 参加了攻击。B-29 最后一次从成都出发空袭日本驻台湾的军事目标是 1945 年 1 月 15 日。2 月，第 58 轰炸机联队撤回到印度基地。

1944 年 8 月，几乎与李梅出任第 20 航空队司令官的同时，海伍德·S·汉舍尔少将也出任了第 21 轰炸机司令部（第 21 航空队的前身）的指挥官，其实早在 1944 年 3 月 1 日第 21 轰炸机司令部就在堪萨斯州萨莱纳（Salina）市的烟山（Smoky Hill）机场成立了。汉舍尔负责指挥马里亚纳基地的所有 B-29 作战。

1944 年 10 月，原属第 20 航空队的第 73 轰炸机联队（下辖第 497、第 498、第 499 和第 500 大队）进驻塞班埃斯里机场，划归第 21 轰炸机司令部（第 21 航空队的前身）指挥，此时，埃米特·奥道尼尔准将接替查普曼上校担任联队指挥官。

1944 年 10 月 12 日，汉舍尔少将亲自驾驶一架 B-29 飞抵塞班岛埃斯里机场。到 11 月 22 日，该机场已经至少有 100 架 B-29 了。通过一

轰炸鞍山日军钢铁厂后返航的 B-29 轰炸机（编号 42-6351）
在新津机场附近坠毁

一架 B-29 正在日本港口上空投弹轰炸，
另一架在其上空照相，以便评估轰炸效果

系列的白天高空精确轰炸破坏日本的航空工业，这是汉舍尔少将的使命，第73联队却缺乏执行此类任务的实战经验。1944年10月下旬到11月初，为积累实战经验，B-29进行了一系列的战术空袭，曾3次轰炸了特鲁克岛的日军设施，但战果不大。埃斯里机场结果遭到部署在硫磺岛的日机报复性的低空突袭，地面的几架B-29遭到摧毁。

阿诺德催促汉舍尔尽快实施对日轰炸。1944年11月24日轰炸东京的中岛武藏航空发动机厂，是第21轰炸机司令部对日本本土的首次空袭，也是杜利特尔奇袭两年之后的首次对东京的空袭。111架B-29出征，由埃米特·奥道尼尔准将驾驶"无畏的多迪"号担任领机，中途有17架由于讨厌的发动机故障而退出。当编了队的机群分布在8000至10000米的高度飞抵目标时，却遭遇从西面吹来的高速乱流，编队被打乱了不说，此时浓云密布，云层很低，94架B-29在与日机的厮杀中仓促投弹，结果只有24架B-29命中目标区，但破坏程度有限。其中一架B-29竟与日本战斗机相撞坠毁。

汉舍尔不甘心，在接下来的几个星期内，又对武藏发动机厂发动了10次轰炸，但结果仍然令人失望，厂区只被炸毁了10%的面积。而这11次的轰炸却损失了40架B-29，虽然发动机故障难辞其咎。第73联队在12月里对三菱名古屋发动机厂进行了一系列的轰炸。被炸毁的工厂设施虽然已达17%，但每一次轰炸B-29都要被击毁4到5架。对付工业集中的德国，美军曾以高爆炸弹成功地摧毁其工业设施，但这种空袭却对日本的生产威胁不大，这是因为日本工业的2/3都分散在小工厂里，精确轰炸无法奏效。

B-29的损失太大，"马里亚纳行动"似乎变成了"马塔角行动"的翻版。为了摆脱这种似乎是宿命的被动局面，华盛顿甩出了王牌，将李梅从印度火速调来接替汉舍尔指挥第21轰炸机司令部。1945年1月15

日，李梅指挥了"马塔角行动"的最后一次任务——从成都基地出发空袭日本驻台湾的军事目标，于5天之后的1月20日，匆匆赶赴马里亚纳"救火"。4月中旬，第21航空队接收了于2月从成都撤回印度的中缅印战场的第58联队，该联队随即进驻马里亚纳群岛的提尼安岛的西部机场。

李梅毕竟是李梅，他很快就发现在欧洲所惯用的高空昼间精确轰炸战术并不适用于日本。原因是岛国日本35000英尺的高空多飓风，风速常常达到200英里/小时，投弹完全失去了精确度。李梅挖空心思，终于让他想到了绝妙的对策——用燃烧弹在夜间低空轰炸日本。美军因此专门针对日本建筑特点而发明了燃烧弹，并专门进行了燃烧弹对日本木板结构建筑进行轰炸效果的试验，最终使日本包括东京在内的所有大中城市化为一片火海。

李梅经过深思熟虑和反复推敲，强令所有的300架B-29拆掉机上所有的机炮和炮弹，并限制载油量，以图多增加一倍的载弹量。当李梅所组织的3月9日至10日对东京进行的第一次空袭时，他明确告诉机组人员，他们将在完全没有武装的情况下，从5000英尺的低空轰炸日本。所有机组成员都被吓得目瞪口呆。但李梅是对的，日本缺少雷达，预警能力差，高射炮少，夜间的防空能力十分薄弱。还有，日本的房屋多为木板结构，极易燃烧。

在短短的10天内，第21航空队共出动B-29轰炸机1600架次，共投下了近1万吨燃烧弹，还有数百吨直接投下的汽油。燃烧弹和汽油落在东京人口最稠密的地区，落在那些用木头、纸张和竹子建成的密密麻麻挤在一起的房屋上，一条条腾空狂舞的火龙迅速汇聚成势不可当的烈焰风暴，大火造成的灼热气浪与冷空气强劲对流，风力时速高达50公里，火与风发出令人恐怖的呼啸，交织成烈焰与火海的狂欢。所有的东

飞机上拍摄的东京地面，全是弹坑

西，包括人体和木头都烧了起来，连金属都被高温熔化了。人群四下疯狂奔逃，到处是乱舔的火舌，到处是惊恐的惨叫。高温将池塘里的水煮开了，跳进水中避难的人竟被活活煮死；许多躲进防空洞里的人也被活活烤死、熏死。到了 19 日，空袭突然停了下来，原来是美军的燃烧弹投光了。

东京大火所引起的气流，居然使飞行在几千英尺高空的 B-29 这样的庞然大物也上下颠簸起来；当 B-29 已经飞到 150 英里之外，机尾的炮手还能看见熊熊闪光的火海。事后才发现，所有原本银色的机腹都被熏得漆黑。由此可见火势之猛烈。

经历了 3 月 9 日的燃烧弹袭击之后，李梅叫 B-29 侦察机投下警告性的传单，故意把他下一步要轰炸的目标事先告知日本国民，这就造成他们空前的惊慌与沮丧，无数城市居民因此而逃亡。火烧东京极大地震撼了日本国民，其抵抗意志发生了严重动摇。这种史无前例的"火攻日本"的战略，最终造成整个日本军事工业毁灭性的破坏，不仅大大缩短了战胜日本军国主义的时间，同时也挽救了成千上万美国陆军士兵的生命。

李梅将军从军生涯中最辉煌的时刻其实是从担任第 21 航空队司令开始的，他年轻而富有创新精神，他指挥的美军 B-29 飞机杀死的日本人，比太平洋战场上其他所有美国陆军、海军和海军陆战队所杀人数的总和还要多，他因此而升任太平洋战区战略参谋长。直到 1961 年 7 月，他被任命为美国空军总参谋长。李梅将军著有《战略空军指挥部》《美国空军史》《洛克希德》《波音》等书，是美军战略轰炸思想的服膺者及实践者之一。作为一名毕生服务于美国空军的将军，李梅一生中获得的荣誉勋章及奖章，是任何人都无法比拟的，他的国家授予他所能送的每个褒奖，其他许多国家也授予了他荣誉勋章。1990 年 10 月 1 日，柯蒂斯·李梅将军去世，安葬在科罗拉多州——科罗拉多春天美国空军学院公墓。

有研究资料表明，"马塔角行动"期间，驻华西空军基地的 B-29 轰炸机先后进行了 3058 架次的出击，执行了 49 次不同的任务，40 多批次编队，除了执行对日本本土的远程战略轰炸任务外，还对中国东北、中国台湾、朝鲜等处日军的军事设施进行了 10 余次的"穿梭轰炸"。此外，还对汉口、洛阳及长沙等地日军设施进行了战术轰炸，并配合了美军地面部队，对泰国曼谷以及菲律宾等地的日军目标进行轰炸。B-29 轰炸机对汉口的轰炸，使汉口的日租界和日军汉口的 W 基地几乎夷为平地。

"二战"已经结束 60 多年了，我们今天应当对"马塔角行动"有个定评了。首先，由于成都基地太靠近中国西部，只有日本最南部的九州岛在 B-29 的作战半径内，并且需要飞越漫长的日占区域才能到达日本，因此而无法进行纵深轰炸。

海伍德·汉舍尔少将是指挥 B-29 的空军梦想家之一，他认为："马塔角行动"在军事行动的观点上"并不成功"，因为"你不能通过驼峰航线向 B-29 提供足够的物资来完成一次成功的轰炸战役"。但是，他又认为，从战略效果的观点看，"马塔角行动"获得了巨大的成功，因为它确定了轰炸机部队接受中央战略指挥的原则，而不是将这些部队分配到当地的指挥官手中。在中国试行的战术创新，使这支轰炸机部队在战争的剩余时间里威力更大。B-29 进行成功战略轰炸的许多障碍在于飞机和发动机，许多此类问题在印度和中国得到了解决。

战后的研究表明，当年，美军的潜艇切断了日本的供应线，B-29 的战略轰炸摧毁了它的工业能力，日本主要是被上述的双重效应打败的。

与此同时，华西特种工程也给民生带来了很大的不良影响。国民政府当时年总收入不过 200 多亿元法币，却为建设华西空军基地全部工程的费用垫付了 60 亿元（合 7500 万镑，一说垫付了 331.565 亿法币），这一巨额的开销造成了地区性的恶性通货膨胀。再者，收购了 100 万石米粮，以供应 50 万民工 4 个月的伙食口粮，直接造成成都米价高达四分之一的上涨幅度。

3. 1944 年 8 月 20 日这一天

罗伯特·希尔顿在《飞虎的咆哮》这本书的第七章里说，他乘坐的这架 B-29 轰炸机有一个奇特的名称，叫"特洛弗雷帕斯爵士"，这是一个要塞的名称，却是将它倒过来拼写的。他是这架 B-29 轰炸机上的机载机枪手兼航拍摄影师。他给我们讲述了一个发生在 8 月 20 日这天的惊心动魄的故事。就在这一天，他和他的机组从新津机场起飞，执行对日本九州八幡的帝国钢铁厂的空袭任务，经历了血与火的考验，最后终于胜利返航。

罗伯特·希尔顿是一个农场主的儿子，美国密苏里州斯普林菲尔德市人，1925 年 3 月 25 日出生，1943 年 2 月加入了美国陆军航空兵，接受机载机枪手及航拍摄影的训练，被派到第 58 轰炸机联队。希尔顿执行空袭任务这天还不到 19 岁。在驻扎中国期间，希尔顿除了参加过 35 次针对日本本土、中国东北、东南亚日军据点的战略轰炸任务以外，还为第 58 联队的战略轰炸任务补充物资，执行了 23 次"驼峰"空运任务。

B-29 在 8 月 20 日白天再一次光临了八幡

　　早在 1944 年 6 月 15 日，68 架 B-29 就曾对八幡钢铁厂发动过一次夜间空袭，但对它的破坏行动并不理想，炼铁炉照样出铁。为了保证轰炸效果，摧毁日本这一重要的钢铁基地，这次的空袭决定在白天进行。

　　老式的 B-29 轰炸机没有考虑航空拍照任务，那时的摄影师既要进行轰炸投弹，又要拍照。随着"二战"期间对超远程侦察机日益增长的需求，军方专门改装了 118 架 B-29 飞机，在每架飞机后部乘员舱的后下方都安装了 6 部一组的照相机。照相机通过后机身底部和侧面开的取景窗口取景，后来又在后弹舱内安装了半永久性油箱，前弹舱内侧可以挂载照相闪光弹。保留了所有的防御武器，标准的机组编制是 11 人，其中包括一名照相机械师，负责在飞行中维护和操作照相系统。改装后的侦察机，型号统称为 F-13A。第 40 轰炸机大队当时进行的还是四机菱形编队，希尔顿乘坐的这架 F-13A 为 4 号机，位于编队的尾部，将最后飞过目标上空，以观察拍摄前面的轰炸机对目标造成的破坏。

为了准备这次轰炸，希尔顿所在的机组于 1944 年 8 月 18 日就从印度加尔各答起飞，当天就抵达了中国成都前沿基地——成都 A-1 基地（新津机场），加足了油料和炸弹，只待受命起飞。19 日晚，所有执行空袭任务的军人听取了各自的作战指令，希尔顿领受的自然是拍摄任务。这些指令除了目标情况介绍外，还包括引擎启动时间、滑行及起飞时间、航线、飞行高度、飞行持续时间、投弹高度、编队领航机、投弹前集结地点等的诸种要求，以及沿途的气象资料、可能遭遇的敌方战斗机和防空火力的预告。指令规定第一架飞机的起飞时间为中国时间凌晨1：40，其余飞机的起飞间隔时间为 20 秒。

正在装炸弹的 B-29

因为希尔顿所在的飞机是整个 B-29 机群最后起飞的一架，所以机组人员于凌晨 2：30 才起床吃早餐，接着听取了最新情况通报。他们被送到自己驾驶的飞机后，又对飞机进行了最后的检查，并启动引擎，滑行到起飞准备位置，边预热引擎边进行起飞的检查。

满负荷的飞机刚起飞后爬升的这一段时间是最令人紧张的时刻，机组成员都很安静，希望到达集结地点前的 7 个小时的航程平安顺利。在到达中国海岸线上空的会合地点前 30 分钟，机组人员开始携带好各自的自卫装备——手枪、子弹带、个人物品等。每个人都套上了连裤飞行服和钢质头盔，都把安放在座椅靠背上的降落伞包取下来，背在了身上。此时，密封舱门关闭，飞机内部开始加压，以抵消 25000 英尺投弹高度的低气压。电台频道被锁定在机群内部通话和在日本海游弋的美国海军潜艇的通信频道，并保持无线电静默。

自从第一任司令官乌尔夫被解职后，第 20 轰炸机指挥部至今还没有正式任命的司令官，仍由桑德斯准将代行职权，整个机群仍然沿用的是四机菱形编队，而非后来李梅将军规定改用的十二机盒形防御编队。当希尔顿所在的机组到达会合地点时，1、2、3 号轰炸机都已到达，1 号机是本编队的领航机，其标志是将前起落架放下来。不料，1 号机却突然打破无线电静默，通知说他的雷达系统失效。雷达系统的失效，则预示着一旦飞机因天气原因不能进行目视投弹时，该机将失去雷达的引导，而且还不能在自卫时有效地瞄准目标。根据事先制订的应变计划，后队改作前队，希尔顿的 4 号机接替 1 号机成了领航机。这一变故，使该编队浪费了不少宝贵的油料和时间。

机组重新编队后，离开中国海岸线，爬升到预定高度，不久，接近"投弹轨迹"，其标志是日本海岸线外的一个小岛，它距离投弹点约 10 分钟的路程。

一进入"投弹轨迹"，机群立即遭到了日本最新式的双引擎战斗机的袭击。日本方面早有准备，因为一架 B-29 型侦察机曾于 8 月 5 日飞抵九州上空侦察，预示着美军将有大规模的行动。在 8 月 20 日这天，75 架 B-29 一改过去夜晚空袭的规律，大白天就直扑九州。美军战术的

B-29 出征

正在密集投弹的 B-29 机群

这一突然改变，虽然也让日本航空兵有点措手不及，却给了日军第 4 飞行战队一个机会，许多不能担任夜航任务的飞行员因此得以驾机参战。

为了破坏 B-29 坚固的防御队形，日军也改变了以往的战法，屠龙机首先集中全力攻击美军的带队长机。不久，眼看美军带队长机和僚机被击落，于是队形大乱。日军战机乘机撕破防御，大开杀戒。根据日军事后公布的战绩得知，第 4 飞行战队取得了击落 9 架（美方确认），不确认击落 8 架，击伤 17 架的极大战果。其中最嚣张的是曹长森本辰雄，他一个人就击落 3 架，击伤 4 架，因此获得了大本营授予的奖状。

但 B-29 机群仍然边躲避着拦截，边还击，并且不屈不挠地飞向轰炸目标，当发现日本战斗机停止攻击后撤的时候，就已经进入到日军高射炮防区了。希尔顿机组发现：有一架敌机保持与他们同等的高度、速度和方向飞行，很明显它是在为地面的高炮指示位置；但它在射距以外，机组也对它无可奈何。但幸运的是，希尔顿机组的 4 架飞机至今都还完好无损。

希尔顿本人在雷达舱里操作照相系统，这里并无舷窗，一点也看不见外面发生的情况，但耳机里一直都在"现场直播"着战斗的实况：时而是机枪手在大喊"小心敌机飞过！"时而是附近友机中弹和高射炮连绵不断的爆炸声，时而是机载可耳提重机枪发出的"嘎嘎嘎嘎"的怒吼。此时，投弹手已从瞄准镜中发现了目标，他打开弹舱门进行投弹，之后大声报告"投弹完毕！"骤然变轻的机身随即一晃，机组成员都明白，那是炸弹已经投光了。之后，弹舱门又重新关上。机长高斯·多耶尔上尉立即把为投弹而设置的自动飞行状态改为手动操作，接着以娴熟的机动动作躲避高射炮火。当 B-29 机群转身飞向海岸线以外时，猛烈的高射炮火刚刚一停，日军的战斗机又扑了上来，眼看 B-29 机群愈飞愈远，最后不得不退了回去。在多耶尔上尉的要求下，每个机组成员都

通过麦克风汇报了各自的情况，好在 1 号机（F–13A）没有受伤，每个人也都安然无恙。除了 3 号机也一样安全外，2 号机和 4 号机都被击中，引擎和机身严重受损。两架飞机经过评估各自的损伤情况后，相继报告说，他们已无法穿越中国的敌占区而飞回成都基地。但他们还有两种选择，一是设法与在日本海游弋的美军潜艇取得联系后，争取在潜艇附近弃机跳伞；二是设法飞到同盟国苏俄的远东城市海参崴降落。两架飞机经过权衡后，决定飞往海参崴。事后获悉，这两架飞机都成功地抵达了海参崴。

当远离日本后，机群降低了飞行高度，开始了返还基地的航程。除了驾驶员，希尔顿机组的成员来到机舱中部的用餐舱，开始分享食物和果汁，无线电操作员甚至还打开了著名的"东京玫瑰"电台的音乐广播，大家边欣赏音乐边吃喝边闲谈。B–29 飞机真是高科技的产物，飞机内部是加了压的，虽然在万米高空飞行，机组人员既不缺氧也不感到寒冷，人在飞机里感到很舒适，要撒尿可以上厕所。根本无须像飞 B–24 重型轰炸机的机组人员那样，尿胀了，只能撒在飞行服里。那种飞机没有加压，人一紧张就会大汗淋漓，被汗水湿透的飞行服里又冷又潮，人有时几乎都冻僵了。但希尔顿机组成员有个不成文的规矩：谁先上厕所撒尿，飞机降落后就要由谁打扫厕所。所以小伙子们都尽量憋着，谁都不想让自己成为上"一号"的第一。

多耶尔上尉顾忌在会合点变换领飞位置时浪费油料，生怕因此而飞不回基地，飞不回基地则凶多吉少。他不断要求导航员查询飞机所处的方位。由于这时早已天黑，导航员也无法报告准确的位置。多耶尔上尉命令雷达操作员打开雷达搜寻。此前为了节省油料，不必要的电子仪器包括雷达都处于关机状态。雷达仪一打开，飞机的位置很快就确定了下来，多耶尔上尉于是让飞机保持在正对 A–1 基地的航线上。不久，无线

东京大轰炸

电导航仪接收到了新津机场的无线电信号。

在起飞16个小时之后，希尔顿机组经过出生入死的鏖战，终于胜利返回了地面。希尔顿拍摄的照片立即被送去冲印。所有执行空袭任务的机组接着进行了汇报总结后，按照惯例每人喝了两杯庆功的威士忌酒。

希尔顿拍摄的照片显示，这次的轰炸十分成功，75%—80%的炸弹都击中了目标区，显然给帝国制铁所造成了严重的破坏。但这次空袭行动，美军的损失也不小，75架B-29从中国成都的基地起飞，有4架因为机械故障退出，71架对目标进行了轰炸，未能返航的有14架，仅仅是8月20日这一天，机组成员就损失了155名。

而其中有一架飞机坠毁得特别冤枉，这就是那架名叫"祈祷中的螳螂"的B-29，它都已经完成轰炸任务胜利返航了，却在即将降落时功亏一篑。

2001年，在四川西部的西岭雪山发现了一架B-29美机残骸，虽曾被成都媒体炒得沸沸扬扬，却无人能说清它的来龙去脉。

2003年11月2日，有43名美军"二战"老兵组成的2003"驼峰、飞虎历史大追踪"旅行团重返新津机场。其中一位就是90高龄的罗伯特老人，他当年在成都A-1基地服役。在这里，罗伯特老人揭开了尘封的记忆。他清楚地记得，那架坠毁在西岭雪山的B-29正是从成都基地起飞去轰炸日本本土八幡钢铁基地的，时间是1944年8月20日。当时，他是第20轰炸机指挥部的中尉电报员，指挥部发出的那道解散编队的命令，就是从他手中发出的。整个B-29机群完成任务后返航，在华东"太湖"附近上空解散编队，各自飞返目的地——中国成都的4个机场。因为在漫长的夜航中，要想继续保持空中编队是不可能的。如果没有地面的灯光和头顶上的云，飞机简直就像飘浮在真空中，不会有运动的感觉。僚机驾驶员所能看到的只是长机尾翼上的一盏白灯，根本无法保持队形。

罗伯特老人说，坠毁的这架飞机最后一次与司令部通话后，就再也没有下落了。该机隶属于第 20 轰炸机指挥部第 58 轰炸机联队第 444 轰炸大队 677 中队（AF444 thcroup，677thsquadroh），编号是 6286。它本应飞返成都的北方——该轰炸机大队所驻扎的广汉机场，却阴差阳错地飞往西北方向的西岭雪山坠毁了。

这架失踪的 6286 号飞机，被大兵们亲切地称为"祈祷中的螳螂"（Praying Mantis）。美方虽出动数架飞机在航线上一连几天先后搜寻，中国政府方面也积极发动民众查找，但那只"祈祷中的螳螂"却随着夜风永远飘逝了。后来才知道它坠落在大邑县西岭雪山一个名叫大雪塘的地方，该"塘"终年积雪，海拔 4520 米，是一片云海茫茫的无人区，也是成都的最高峰。其实，当地人当时分明听到了巨大的爆炸声，却没有及时去搜救。等几天之后上山时，一切都已经太晚了，除了 8 名迫降时就已经牺牲的机组人员，他们还发现了 3 具曾经怀着强烈求生欲望而爬行过的遗体。

"祈祷中的螳螂"为什么会坠毁？是机载无线电或是雷达损坏，因而无法正确导航呢？还是因为天太黑，早已降低了飞行高度的飞机一头误撞了高达 4520 米的大雪山？或是因为耗完了汽油，或是引擎的故障而不得不迫降，恰好遇上高耸的雪峰挡道？由于机组人员悉数牺牲，这一切自然就成千古不解之谜了。

在西岭雪山的大雪塘山脊，散落有一架美国飞机的残骸的事情，在当地群众中一直在传说着。据大邑县政府网站介绍，1988 年夏季，当时的大邑县长梁恩玉为开发西岭雪山，曾率领一支考察队进山考察，在深山中发现了残存的美机残骸。当年坠毁的庞然大物的残骸，由于已在

1958年大炼钢铁的年代由数十名派上山的"右派"分子拆走，现场仅存一块重150多公斤的飞机引擎残片。

1944年8月20日遇难的这架"祈祷中的螳螂"的残骸，到了21世纪初再次被发现的时候，在中美两国的民间引起了广泛的反响和关注，它显然牵动了普通人的那根最善良的神经，变成了追忆"二战"时"马塔角行动"勇士英雄业绩的寄托，变成了中美两国人民友谊的象征。

2001年7月25日，一队特殊的旅行者从四川省雅安宝兴县出发，走进数百公里的原始无人区，寻访那架隐藏在深山中60多年的"祈祷中的螳螂"。当时《北京晚报》的记者李想及时做了报道，只不过该报按照中国人对"二战"中美国援华空军的习惯表达方式，称这次行动为"飞虎行动"，而非美国人希望表达的方式"马塔角行动"。

发起此次"飞虎行动"的队长是美籍华人杨本华，他的父亲是原美军第14航空"飞虎队"（应该是中美混合联队）的队员杨训伟，曾亲自飞过"驼峰航线"。据说，关于西岭雪山发现美军战机的消息在原美国援华空军的"二战"老兵及他们的后代中引起了强烈反响。为此，杨本华决定组织一个探险搜索队先期前往当地寻找残骸，希望能确认飞机的真实身份，并借此向这些遇难者表达哀思。

此次"飞虎行动"全程预计12天，计划从成都出发到达雅安，经芦山、宝兴，再经硗碛藏族乡进入原始无人区，最后抵达大雪塘附近。对于未来的探险搜索，临出发前的杨本华表示："我并不是要将飞机残骸带回美国，我只是想看看这些东西，然后拓下编号，希望能带回美国确认飞机的身份。"他同时也有所担心："飞虎行动"将在无人区待上7天，由于没有一个队员登过西岭雪山，这期间到底会发生什么事，他们能不能找到飞机残骸都是一个问题。

美籍华人杨本华率领由他组建的民间登山组织——华藏山社一行13

人，顶风冒雪，在西岭雪山无人区跋涉了 15 天，不仅终于寻找到了这架战机的部分残骸，还找到了该机组 11 名烈士的部分遗物。事后，美国国家博物馆之一的新英格兰博物馆鉴定了部分残骸，并授予了这一行动的公证书。次年 5 月，华藏山社把这架飞机的发动机残骸捐赠给了中国革命历史博物馆。盟军援华抗日期间，美军近 3000 架不同型号的飞机被击落或坠毁，而能侥幸寻找到残骸的却寥若晨星。

据新华网记者刘海报道，2004 年 6 月 30 日，杨本华再次率领华藏山社一行 6 名队员，在当地藏族同胞的援助下，在当年战机坠毁的地方，建立了一座纪念碑。纪念碑矗立在皑皑雪原上，上面镌刻有"飞虎雄风"四个大字，那是时任国家军委主席的江泽民专门为此题写的。碑文以中英两种文字组成，汉文是："世界鏖战，神州罹难。援华抗日，飞虎当先。痛挞倭寇，壮殉雪原。浩气长存，英灵永鉴。"

1944 年 8 月 20 日美军 B-29 机群的壮举将永载史册，光照日月。

4. 沈阳大轰炸

1932 年 3 月至 1945 年 8 月，日本侵略者利用前清废帝爱新觉罗·溥仪在东北建立了一个傀儡政权——伪满洲国，在我国东北实行了 14 年之久的殖民统治。

伪满洲国的工业体系是当时亚洲较为完备和先进的，包括钢铁、煤炭、飞机制造、军工、铁道运输、机车、汽车制造、航空、航海等工业部门。到了 1945 年，它的工业规模甚至超过了日本，成为亚洲最大的工业体。伪满洲国的钢铁和化学工业主要集中在鞍山和本溪，煤炭工业集中在抚顺、本溪和阜新，机械、军火、飞机工业中心集中在奉天（今沈阳）。伪满洲国生产的大量煤炭、木材被输送到日本，大部分生铁、

钢坯都被运往日本炼钢或轧制。昭和制钢所理事长久保田省三在《满洲国和铁》一文中明确表示，"满洲国"炼铁业有着丰富的原料和特殊的优越性，担负着"大东亚战争"的重大使命和责任。

伪满洲国的工业体系对日本侵略战争的重要性，由此可见一斑。因此，它被列为"马塔角行动"的战略轰炸目标也就毫不奇怪了。自从1944年7月9日72架B-29轰炸鞍山钢铁厂之后，7月29日、8月8日、9月26日，又接连三次分别轰炸了辽东半岛的鞍山、大连、本溪湖等日军的工业基地。1944年12月7日和21日，B-29还两度轰炸了奉天（沈阳）。

美军B-29第一次轰炸鞍山钢铁基地是在白天，当时日军完全没有防备，被B-29机群痛痛快快地轰炸了一番。为了摆脱被动挨炸的局面，日军紧急就地组织飞行部队进行防空作战训练。8月25日，装备了Ⅱ式屠龙战机的独立第25飞行中队在鞍山成立。9月8日，美军B-29第二次在白天轰炸鞍山钢铁厂，独立第25飞行中队立即起飞拦截。这支仓促成军的战斗机中队只有12架飞机，不仅经验不足，在数量上也完全处于劣势。这些日机飞行员初生牛犊不怕虎，完全没有尝试过这种"超级空中堡垒"的厉害，在大白天要想拦截拥有强大护卫火力的B-29简直就是白日做梦。有个屠龙机飞行员远藤正光大尉，按照一般的偷袭经验，自以为是地从B-29的后下方尾追进击，他匆匆开火之后迅速退出，不仅未能击落对方，反倒被对方的护卫机枪击中，"轰"的一声化成了一团爆炸的火光。这个独立第25飞行中队自始至终都不是美军B-29机群的对手。9月26日，由于对前两次空袭战果感到不太满意，B-29第三次在大白天光临鞍山。这天天气恶劣，云层很厚，独立第25飞行中队中队长池田忠雄大尉率先驾机起飞，妄图抢占先机给某架B-29致命一击，反被对方先发制人，随着防卫机枪"嘎嘎嘎嘎"的发射声被击

从新津机场起飞前往轰炸中国东北日军军事及
工业目标的 B-29 轰炸机群

保卫新津机场的 P-61 驱逐机，英文名 Black Widow，
直译"黑寡妇"，是一种毒蜘蛛的名字

伤，幸好他技术娴熟而迫降成功，送入医院急救后捡了条小命。

伪满洲国的奉天（沈阳），分布着飞机株式会社、奉天造兵所、工作机械株式会社等重要的飞机、军工制造业，堪称日方工业重镇。此外，从1942年11月11日至1945年8月15日近三年的时间里，日军还在沈阳设有一处盟军战俘营，这是"二战"期间日本在中国设立的涉及国家和民族最多、施暴最凶残、囚禁时间最长的战俘集中营。这里关押了美国、英国、加拿大、澳大利亚、新西兰、荷兰、新加坡等国战俘，人数最多时近2000名，战俘们在这里饱受饥饿、疾病和毒打，许多人被摧残致死，人称"东方奥斯威辛"。为了摧毁上述战略目标，顺便也将B-29轰炸机的威力展现给被囚禁的盟军战俘们看，以鼓舞他们的士气，美军B-29于12月7日和21日，两度轰炸了奉天。

1944年12月7日，经过6个半小时的飞行后，从成都基地出发的108架B-29顺利进入伪满洲国的上空。那些天，防空警报就像那个老喊"狼来了"的孩子一样，一天要闹腾好几次，一家老小大呼小叫地一天要拼命往作为防空壕的菜窖里钻上几次。时间一长，人们都被弄得疲惫和麻木了。为了防止震碎的玻璃伤人，好多人家都用裁成纸条的报纸把一扇扇窗户玻璃贴得像蜘蛛网一样。

但是，这一天果真"狼来了"。收音机里，播音员发出声嘶力竭的警告，凄厉的防空警报号丧似的突然响彻沈阳上空，当局命令军工厂附近居住的老百姓在家家户户的周围点上浇过沥青的木棒，一时间，一道道烟雾突然从地面升腾弥漫开来。这天天气虽然晴朗，气温却是异常的低，穿行在万里高空的B-29轰炸机的舷窗早已结了冰，导致飞行员、轰炸手与机枪手的视力严重受阻。但地面的烟雾对于设计者只能算是一种心理上的安慰，因为它一上天就在万里晴空中飘散了，对B-29机群的阻碍完全没有达到预期的效果。

杨竞先生是"九一八"研究会副会长、沈阳盟军战俘营的资深研究者，他向媒体记者讲述了当年的亲身经历。他说，他在院子里仰头看到，从未见过的庞大的B-29轰炸机群拉着示威般的白线，黑压压地出现在沈阳上空，根本数不清有多少架。B-29的飞行高度较高（在7000英尺到10000英尺的高空），日军的地面防空炮火根本无法射到那样的高度，出膛的炮弹只能软绵绵地射到半空，就像一朵朵开花冒烟的棉花，根本无力阻拦铺天盖地的美军轰炸机群，B-29机群如入无人之境。

美军B-29机群快接近"投弹轨迹"时，日军急忙从沈阳周边的奉集、于洪等地的机场先后出动了约50架战斗机升空作战，妄图拦截美军飞机。日军战斗机不顾一切地在美军B-29机群的编队中横冲直撞，双方发生猛烈的交火。

经历过沈阳大轰炸的老人们回忆说，当天天气非常晴朗，这一场大空战空前的激烈程度在地面上就可以看得很清楚。日军战斗机的飞行员非常亡命，非常丧心病狂，他们采用的自杀式的袭击战术确实让美军穷于应付，造成了轰炸机的严重损失。人们明明看见某架冒着黑烟的日机发出令人毛骨悚然的怪叫，机头迅速坠向地面，岂料它突然向上拉起，又猛地撞向一架猝不及防的B-29，弄得双双坠地，炸成一团。有一架B-29迎着迎面飞来的一架屠龙式战斗机冲过去，用庞大的身躯将小不点儿的日机撞得冒烟，这架被撞的日机连连后退，最后，该机坠落，飞行员明明是弃机跳伞逃生，而伪满的报纸事后竟把这名怕死鬼吹嘘成了"英雄"。

老人们回忆说，当时有一架B-29刚飞近沈阳，离轰炸目标还有一段距离，就被日军春日园生中尉驾驶的战斗机恶狠狠地拦腰撞上了，该机因此完全失去了控制，在急速坠落的同时，在空中就开始解体，最后

"轰"的一声坠毁在一个冰封的大水坑中,熊熊烈火冲天而起,立即将飞机上未及投放的所有炸弹引爆,"轰轰轰"接二连三的大爆炸震得天昏地暗。一时间,无数飞机碎片和炸弹崩起的冻土块如骤然而至的暴雨一般倾泻了下来。大爆炸波及当地的村子里,一家家的窗户被震坏,房顶被炸塌。

第20航空队名为"飞鹅"的这架B-29,是第一架被日军撞落在沈阳的轰炸机。11名机组人员中,其余的10个人都随着大爆炸化作了尘埃,只有阿诺德·波普是唯一的幸存者。他是尾部机枪手,在"飞鹅"解体前成功跳伞,落地后被日军俘虏,关押在沈阳盟军战俘集中营,日本无条件投降后获释。

作为一名资深的翻译,杨竞老人曾翻译过参与沈阳大轰炸的美军飞行员的回忆录。美军飞行员威廉·伍顿在描述当时的空战情景时说:"日军的战斗机当时从下方向我们冲过来,在距离我还有400码远的时候,我立即开火向它射击,日军战斗机的发动机开始冒烟起火,飞机篷罩的碎片开始脱落。敌机已经失控并冒着浓烟向下坠落,但是它突然向上拉起,重重撞向一架B-29并坠向地面……名为'大黄蜂'的轰炸机在空中与日军的战斗机相撞,坠落在沈阳郊外的一处空地上,只有两人跳伞生还,其余人员全部牺牲。"

仅12月7日这天,日军战斗机就将7架美军B-29轰炸机撞落;21日,又有两架B-29被日军战斗机撞落。这两次大空战,被撞落的B-29飞机里共有14名美军机组人员跳伞成功,但被日军俘虏,被关押在沈阳的盟军战俘营里。

铺天盖地的美军B-29"超级空中堡垒"对沈阳的大轰炸,以及美日双方的飞机激烈交战的情景,让当时关押在奉天战俘营的盟军战俘激动万分。杨竞老人著有《奉天涅槃——二战日军沈阳英美盟军战俘营》

一书，他在书中这样描绘战俘目睹大空战的情景："战俘罗依·威尔回忆：看到日本战斗机冲向了一架 B-29，并在撞击后目睹到了大爆炸，碎片由天而降，简直是让我敬畏，这是唯一一句我所能用来形容的话，一种致命的敬畏感。""当炸弹穿过二号营房边的厕所屋顶时，杰克上尉正在大便。炮弹在他的身后落下。杰克感到身后一股热浪，巨大的气浪冲起的粪便弄得杰克浑身都是，但是他却幸免于难。"杰克上尉的厕所奇遇，此后成了战俘营里的打趣材料。

5. 汉口大轰炸

1938 年 6 月至 10 月，中日双方以武汉为中心，打了一场抗日历史上规模空前的大会战。日军投入兵力约 40 万，中国投入 130 个师、100 余万人。应当说，虽然武汉最终失守，但"武汉会战"取得了战略上的成功。当时，中国必须把工业迁入西南和西北地区，"武汉会战"争取到了宝贵的时间，为抗日战争的相持阶段作了重要的物资准备。会战中，消灭了 10 多万日军，消耗了日本的国力，日军再也无力调动 40 万大军作战略进攻性的大会战了，抗日战争因此而进入了相持阶段。"武汉会战"推迟了日本"南进"的计划，粉碎了"北进"苏联的侵略阴谋，不仅为世界反法西斯战争的胜利做出了重大贡献，也为美国准备太平洋战争争取了时间。

"武汉会战"后，原属内陆四川省乙级市的重庆市作为中国的战时首都而享誉世界，成为中国抗战大后方政治、经济、军事、外交、文化的中心。重庆的受难和荣耀，关系中华民族的兴衰存亡。日本军部对于退入中国腹地、拒不投降的国民政府恨之入骨，制定了"攻击敌战略及政略中枢"计划，决定组织"航空进攻作战"，甚至疯狂叫嚣：在空袭

B-29机群在中国大地上飞翔

该地一切"重要的政治、经济、产业等中枢机关"的同时，要"直接空袭市民，给敌国民造成极大恐怖，挫败其意志"。

从1938年2月到1943年8月，日本法西斯以它在华的最大空军力量，对重庆进行了长达5年半的大轰炸。据不完全统计，重庆大轰炸中，日军共出动飞机9513架次，实施轰炸218次，投弹21593枚，炸死市民11889人，炸伤14100人，炸毁房屋17608幢。日机不仅直接对准民房、工厂、电影院、商店投弹，甚至对寺庙、学校、教堂也不放过，常常对商业繁荣、人口稠密的市区进行狂轰滥炸，弄得陪都街头常常血肉横飞，烈焰冲天。数十万人因此流离失所，在废墟间恐惧度日。"重庆大轰炸"贻祸之深，为害之烈，历时之长，范围之广，在"二战"期间都是绝无仅有的。"对一个城市如此长时期固执地进行攻击，不用说在航空战争史上还是第一次，就是把地面部队围攻城市的历史包括在内，也是极其罕见的"。这是日本军事评论家前田哲男对"重庆大轰炸"的反思。这就是当年震惊中外的重庆大轰炸。

限于种种条件，重庆几乎就是一座不设防的城市，既无雷达，也无任何先进的防空武器系统，只有一点微不足道的防空火炮。武汉和重庆相距不远，从武汉空军基地起飞的日军飞机一个多小时即可飞抵重庆上空实施轰炸。武汉沦陷后，为了实施空袭重庆的战略计划，日军陆海军航空部队被集中到武汉进行远距离航空作战和轰炸的紧急训练，同时加紧扩建和新修武汉、彰德、运城、仓头等空军基地。其中，由华商、万国两个赛马场改建而成的以"W基地"为代号的武汉空军基地最为臭名昭著，它是日军轰炸重庆的主要基地，日军大部分侵华空军力量在此集结，储备有极为充足的燃料和炸弹，可停降200多架飞机。

1941年12月7日珍珠港事件爆发后，导致美国卷入第二次世界大战。从1942年6月开始，武汉的日本租界就开始遭到陈纳德的飞机轰

炸。但导致"W基地"彻底从地球上消失的，其直接起因却是战争中的一件小事。

3个第14航空队的美国飞行员被驻汉口的日寇俘虏，在1944年12月16日这天，在凛冽的寒风中，他们被强令脱去外衣，五花大绑后，用绳子牵着游街。沿途被拳打脚踢不说，还遭到百般凌辱，弄得3个美军战俘伤痕累累痛苦不堪，连行走都困难。后来，3人被日军拖到日本寺院外，被绞死后泼上汽油，毁尸灭迹火化。日军的暴行传到美军基地，美国大兵人人义愤填膺，美军决定对汉口实施报复。第20航空队司令李梅将军从新津出发，亲自飞往昆明，与第14航空队司令陈纳德将军制订了联合作战方案，这就是之后发起的对日本空军在华最大的基地——汉口的大轰炸。不仅如此，那些参与过虐待并处死3个美军战俘的所有人因此而付出了沉重的代价。日本战败后的1945年秋，中美等战胜国设立清算日军战犯罪行的远东特别军事法庭，日军1944年残害美国飞行员成了一桩大案。中美军方联合调查取证，列出了23名凶犯，包括参与此事的日军镝木正隆少将、日本驻汉口总领事馆官员和翻译，以及宪兵、警察、中下级军官、士兵等，无一漏网。已被遣返的镝木本来已经回到日本，却作为此案主犯被逮捕并引渡到中国，关押在上海提篮桥监狱。镝木等5名主犯最终被判处死刑，于1946年1月22日领死。

1944年12月18日上午，84架B-29轰炸机轰鸣着，从新津机场等华西空军基地起飞，实施对汉口日军的空袭。这次大轰炸是中国战区空前规模的一次，有别于以往的任何一次空袭。这是因为：其一，是出动的飞机最多，柯蒂斯·李梅将军的第20航空队出动了84架"超级空中堡垒"，陈纳德将军的第14航空队出动了包括B-24和B-25轰炸机以及P-51战斗机在内的200架飞机；其二，是首次进行投掷燃烧弹的试验性的轰炸，为以后轰炸日本本土使用燃烧弹积累经验。出于对使用燃烧弹可能带来极具毁灭性后果的担忧，李梅派 F-13A 侦察机提前散发传单，并以广播电台广播通告通知汉口居民撤离走避。

1944 年 12 月 18 日大空袭结束后，美军侦察机飞越武汉上空拍摄下来的照片，可见码头地区的建筑已经全部焚毁

遮天蔽日的 84 架 B-29 轰炸机，采用极其有效的十二机盒形防御编队战法，分成 7 个批次，展开了对汉口的大空袭。恶贯满盈的"W 基地"、堆积贮藏着敌人华中所需物资的汉口码头区、日本租界和武汉沦陷后的日本侨民生活区、日本海军机关、日军第 6 方面军司令部等地，在数百吨炸弹、燃烧弹狂风暴雨般的轮番轰炸下，几乎通通夷为平地。当一颗颗威力无比的燃烧弹从天而降时，一条条火龙倏然蹿升腾空，之后连成一片无法扑灭的火海。轰炸一小时后，从各个机场起飞的第 14 航空队及其下属的中美空军混合联队的 200 架战机，按计划骤然而至，倾尽全力，对日军的战斗机作扫荡攻击。当美、日双方的战斗机在空中鏖战搏斗、打得难分难解时，美军轰炸机则继续俯冲袭击日军的油库、军营。在这次大空战中，美国空军击落了 64 架敌机，而自己无一损失。空袭后 8 天，汉口码头上和仓库里的大火还没有完全熄灭，已被日军

"一号作战"计划打通的平汉、粤汉两条铁路线陷于瘫痪。

此次汉口大轰炸，使日军在华中的主要空军基地遭到毁灭性的打击，几乎将日军的补给摧毁殆尽，同时也获得了后来大规模轰炸日本时所需要的足够作战经验。冈村宁次在日记中承认："对敌机的猖獗活动几乎束手无策，我方空路交通处境极为艰难。"到1945年3月，侵华日空军失去了空战的力量，在战争结束前5个多月就中止了空中行动。

陈纳德对自己指挥的这次空袭十分满意。第二天，他举行了记者招待会，颇为自得地告诉记者们，第14航空队与B-29型轰炸机联手进行的这次空袭，规模之大在整个远东战场上是前所未有的。空袭严重地破坏了日军的后勤基地，对华中和华南日军的作战必将产生不利影响。当然，他对没能更早地发动这样规模的空袭深感遗憾，否则，日军就无法在豫湘桂战役中推进得那么远了。他还指出，这次成功的空袭表明美国空军已可动用一切力量打击日军的交通线和供应中心了。这次招待会引起了中国新闻媒体的广泛关注。延安出版的《解放日报》也登载了陈纳德的讲话。

第五章　新津机场的日日夜夜

1944 年初夏，新津机场的扩建工程已基本完成，我通过反复采访求证，将此时新津机场的布局轮廓做如下勾画：

机场的四周，都挖了宽 8 米、深 3 米的壕沟，沟里一年四季流水不断，壕沟外沿是 5 米高的壕埂。壕沟埂子上，每隔里把路有一个用木板钉的塔形岗亭，由负责机场外围警卫的胡宗南部暂编二师的士兵守卫。壕沟埂子上白天允许通行；晚上，卫兵要向行人喝问口令，若连问三声对方答不上，马上就会开枪。靠五津镇街面的机场西南边界，是绵延几百米、拐了个弯的部队营房和战略物资仓库，这一段在壕沟之前加修了围墙。营房对面的东南边界，现今民航一分院院部处是美军营房、库房以及美军第 1 招待所，由此向东 2 公里处是大机棚（除 B-29 以外的飞机大修处）。从大机棚直到杨柳河边的毛家渡一带，距机场大约 3 至 4 公里处的田野里，分布着美军第 2 招待所（小地名杨水碾处）、第 3 招待所（小地名白庙子处）、第 4 招待所（小地名毛家渡处），而第 5、第 6 招待所则在距机场西北边界 1 至 2 公里的蔡湾一带，这些招待所与机场都专门修有公路相通。毛家渡往机场方向以西的里把路处，是美军的指挥塔和收报台。在机场西边今民航一分院大门对面约 0.5 公里处、小地名江庙子的旁边建有部队营房，是暂二师的营部和美军宪兵（MP）队队部。在机场四周的林盘里，还有多处悄悄分散隐蔽的教练机机窝，机身上都覆盖着竹桠或树枝。

在今天民航飞行学院西大门的斜对面，当年有一条修在田野里的老公路，从江庙子背后向北延伸，穿过龚庙子背后，穿过蔡湾，沿着金马河边，之后右拐，在今花桥镇韦驮堂与老川藏路连接。就在这条大路的两边，从处于金马河下游的江庙子附近开始，往上游数，依次分布着中华人民共和国成立后才挂牌编号的15院、16院、17院、18院、19院、20院、21院、22院、23院、24院、25院等院落，这些"院"，或者是美军的营房、仓库、电话通信站、发电厂、发报台、第一修理工厂，或者是招待所。这条公路的两边，还散布着多处露天的油库和炸弹（拆了引信的）库。这些库房之间相距一两百米远，用沙袋（麻布口袋就地装的泥土）堆积成1.5米高的"围墙"，呈U形，宽约10米，进深约7至8米。汽油和炸弹存放在不同的库房里，由暂二师负责守卫。暂二师的士兵们以班为单位，散住在机场四周的民房里，睡连片地铺。他们身穿黄军服、打绑腿，夏天穿短裤、草鞋。他们连长以上的长官都兴带家属，都就近在部队驻地附近的林盘里租民房居住。

为了保护盟军，蒋介石特派胡宗南的暂编2师（师长曾晴初）负责警卫新津、双流、彭镇机场，并分别会同24军与17师负责警卫彭山、邛崃机场；广汉机场由95军126师（师长谢无圻）负责警卫；凤凰山机场由航空委员会的航特旅警卫。各机场外围及边沿地带和交通要道都由这些中国军队设置岗哨，警卫森严，如临大敌。

2009年8月里的一天，顶着如火的骄阳，抹着脸上淌着的热汗，由家住江庙子附近、78岁的童吉成老人带领，我去寻找当年从江庙子背后穿过的那条老公路。60多年来，这条当年铺着碎石、可容两辆美国道奇卡车对开的公路一直存在着，只是当地人嫌它太占土地，早已把它改得面目全非，偶尔还可以看见嵌在泥土中的碎石子，路边密布疯长的野草，即使是经老人提醒，它的狭窄和荒芜还是让我的直觉以为它是乡下的机耕道。老人热情地指指点点，一会儿说这里当年就是露天油库，一会儿又说那里当年就是美军的电话通信站，可是现实的景物却往往只是庄稼地或林盘中的民房。

机场里分别修了6座油库，每两个为一组，分布在西北、西南和东北三个方向，这些油库犹如圆锥状的山丘一样，突兀在一马平川的机场上，极为惹眼。油库的内部，是一个焊接而成的圆柱形夹层钢罐，高约20来米，钢罐一侧的上部开有门，里边焊有钢梯可直通罐底。外面有比钢罐约矮了3米的、条石砌成的保护墙，墙与罐之间是宽约1.5米的条石铺的通道，最外层是数千方的封土，封土自然长满了蓬勃的野草。油库的顶盖是以钢板网焊成穹形骨架铸成的混凝土，安装了避雷针并堆了泥土。油库的中段东南西北方向，各有一个条石砌成的通气口。油库面对机场的一方，有条地下通道供人员进出，旁边有个面包状的水泥岗亭，供警卫避风雨之用。

2009年7月31日中午，正当火辣辣的太阳炙烤着大地，人站在野外动一动就会冒汗的时候，我去民航飞行学院一分院拍摄照片。拍完了高耸气派的现代大楼，飞瀑流泉的绿化带，古色古香的机场老建筑，机场纪念馆前保留的唯一一个当年修机场时的压路小石碌，机场里正在进行飞行训练的现代教练机群和老跑道旁的停机坪后，我选择了最后去拍美国人当年修的油库。在机场的西北边界今天一分院油库的大院里，一北一南各矗立着一座当年的油库，为了使拍出的照片不至于受周围现代建筑的干扰，我选择了拍很像处在"野地"里的北边的那座油库，不料这就使这一次的拍摄变得艰难起来。油库在小树林那边的100米之外，中间是连成一片的齐腰深的荒草，长得蓬蓬勃勃，草丛里虫子鸣唱、蝴蝶飞舞，最可怕的是乱草里可能藏着毒蛇，万一蹿出来可怎么办？我来到林子边，犹豫了片刻，擦了一把汗之后，还是义无反顾地走向了野草

丛中。我穿的是凉鞋，在踏倒的草棵上开路行走，人就像踩在软绵绵的棉花上，那些荆棘枯枝更是直接戳向我的脚面。天气特别炎热，我早已是汗流浃背，提心吊胆地好歹才走到了理想的拍摄角度，拍了几张。结果，因为荒草太深，拍出来的照片并不理想。我曾拍过位于机场东北角的另一座油库，因它表面的封土层已被取去填地基，就裸露出了红条石砌的保护油罐的墙体，这反倒有助于我们了解它的结构了。我特意将它附上。

当年贮存汽油时，将一个木头钉制的、与运油卡车等高的加油台推到油库前，此台中间置一个钢制巨型漏斗，只消将一桶桶的汽油放倒后往漏斗里倒，源源不断的汽油通过油库地道里的抽油泵就被抽到了油库里。这6座油库装油量有差别，小的可装航空油100吨，大的则可装140吨。这种油库冬暖夏凉，贮存的油几乎是恒温，油料不变质不说，还可防火、防爆、防炸。除20世纪70年代拆除了西南角的那个油库外，其余5座不仅保存至今，而且有两座中华人民共和国成立后一直都在使用。近年来，因机场方面喜欢更为便捷的油罐车加油的方式，老油库于是就成了多余的摆设，却成了回访新津机场的美国"二战"老兵必去参观的景点。2009年，这些老油库又被新津县立为县级文物保护单位，不能随便拆除了。

据薛树铮老人说，在机场东北方向距官家林不远的老川藏路边不远，有一块高出地面约3米的台地，那里有3门高射炮口直指蓝天，炮兵都是中国军人；此外，机场东边的牧马山上，也有一个中国人控制的高炮阵地。但新津机场内部的防御火力全都是由美军控制的。在机场南边，距指挥塔不远的童石桥，另有一门车载流动高射炮；在大机棚右侧李林盘旁边秦坟园的柏树林中，设有一处中国军队控制的高射炮阵地。

在机场四周的壕埂上，共修了6座钢筋混凝土的防空暗堡。暗堡为

邛崃机场的建设者们

新津机场鸟瞰

条状的异形，离埝子地面约 1.5 米，一侧有门供进出，其余三方设有枪眼，临机场的一侧有直径 2 米左右的露天盘形阵地，专门架设一挺双管高射机枪，暗堡顶上架设探照灯 1 盏。6 座暗堡位置按西北东南方位叙述，依次是雷桥、王牌坊、陈林盘、王大林、罗河扁（今花桥渔场内）、东岳庙（今机场边牛奶场处）。陈林盘和王大林里的暗堡至今仍静静地趴在原地。守卫暗堡的美军都就近住在机场边上的军用帐篷里，帐篷是那种有 10 多平方米大小、四周以拉绳固定的四四方方的大帐篷，里面既供住宿，又堆放物品，睡的都是可折叠的行军床。冬天天冷，专门有枫炭炉子取暖，并安有把煤气排出帐篷的管道。

管理新津机场的是中国空军第 11 航空总站，隶属于空军第 3 路司令部，总站长由易国瑞上尉担任。该站的营房在作为五津镇地标的那棵古榕树的背后一带，古榕右侧约 100 米远处（今成都空军汽修厂大门）就是它的大营门。当时第 11 航空总站的大营门其实十分简陋，门面约 10 来米宽，其左右只是立了两根比围墙稍高的砖柱作为大门的象征。说是大门，其实并未设门，砖柱上面也未修龙门子，只是大门旁边立了一个用木板钉的塔形岗亭，日日夜夜有警卫站岗而已。

87 岁的练志中老人告诉我：11 总站的任务就是进行机场的场站管理，总共下设 7 个课（课比科级别略低），有的课以下还设股。第一课管机械，管机械士和机械兵，管有关人员登机（含外国过境人员）时本人和家属的体重，以及随身携带东西的过磅，以防超重。第二课管电台和通信。第三课管汽车运输和机械。第四课管人事、总务，及各个小站的士兵人事进出、家具和炊具，管机场的消防和治安值勤勤务。第五课管会计、军粮、军饷。第六课管医药，医务室和医务兵。另外还有一个工程课，负责全总站维修项目的技术、设计和管理，维修人员则由养场兵大队派。此外，还有一个专门对付共产党搞密查的政训室，主任由总站长兼任，设专职干事和文书各一名。如第一课设机械士队和机械兵队，各下设两个区队（5 个班为 1 个区队）。又如养场兵大队，下设三个中队，每中队有 150 多人。练治中当年是以养场兵大队在编上士文书的身份调到第四课管文书的。

设在新津机场的空军第 11 总站，管理的范围很宽，凡川南川西的那些小机场，诸如彭山、邛崃、凤凰山、太平寺、双流、温江、广汉，乃至宜宾、康定等小机场，全都归它管辖。11 总站第一任站长是易国瑞上尉，第二任是张森樵中校。

养场兵一个中队住一长通平房，房间有 4 米多宽，隔出房子中最长的一段作为整个中队的睡房，接着又隔出三间房子，分别作乒乓室、文书室和中队办公室。中队办公室里没有文件柜之类的奢侈品，只有一张上锁的两屉桌。这里是连片地铺，在地上搭两匹砖，砖上铺木板，再铺上草帘子，就是床了。没有席子，每个人再铺上发给自己的那一床劣质的毛军毯，一年四季都不换下，冬天天冷，睡觉时连棉衣棉裤都不脱，裹上那床两三斤重的棉被，连身滚。由于难得洗回澡，士兵们身上虱子起绺绺，还生疥疮，成天抓痒痒。士兵们冬装穿空心袄子，棉衣棉裤里只有一件衬衣、一条窑（短）裤，白布袜，打绑腿，一双黑布鞋。士兵服是较差的洋布做的；军官服明显要好些，冬天是呢料，夏天是卡其布。养场兵开饭时间只有 10 分钟，要等长官一声哨子响，士兵们才能去添饭。经常吃的青菜、厚皮菜，每周可打一次牙祭（吃肉）。米里常有许多长长的稗子，士兵们就先把饭碗里灌上米汤，把浮面的稗子抓来丢掉，再扒饭吃。但练治中只过了 7 天这样的苦日子，因为他有初中文化，被突击提拔为养场兵大队部的上士秘书。大队部有一个大队副，两个文书，两个传令兵，一个炊事员，这 5 个人设一个专门的伙食团，听凭大队副的安排，每顿三菜一汤，早晨吃馒头稀饭，隔两天可吃一次

肉，吃的自然比士兵们要好些。

由于新津机场是美军第 20 航空队司令部及第 58 轰炸机联队司令部的驻扎地，加之执行战略轰炸任务的第 40 轰炸大队在此驻扎，历时 9 个多月，于是，从 1944 年 4 月至抗战胜利后美军撤离，在一年多的时间里，执行各种飞行任务的各类美军飞机（或是运送战略物资的，或是驻场的，或是路过的），常常不分昼夜，随时起降，时而是 C-46、C-47 运输机或 C-109 燃料运输机，时而是战斗机 P-40、P-51 或 P-61（黑寡妇），时而是重型轰炸机 B-29 或 B-24。局外人只觉得密密麻麻的飞机铺天盖地，在机场上空飞来飞去，一天到晚机声隆隆，轰鸣不已。在机场周边居住的老百姓，就在这种嘈杂的、雷鸣般的喧嚣声中，先是无可奈何地忍受，后来渐渐习以为常，就这样度过了一天又一天，一直到中华人民共和国成立后这里变成了培养民航飞行员的学校，才相对清静下来。

且让我们来看看那些日子的日日夜夜。

1. 为 B-29 加油装弹

"二战"时在新津机场工作过的中方地勤人员少说也有几百名，但当年有的去了台湾，有的中华人民共和国成立之初接受我军招收去了东北，到如今死的死，走的走，目前留在新津还健在的老人，起初我只找到了两个，一位是空军 11 总站的报务员吕仲明（1926 年 2 月 21 日出生，新津正东街人氏）；幸亏吕老的推荐，我才意外地发现了一件至宝——一个埋没了 60 多年，从未接受过任何采访的空军 11 总站的机械士、上士班长薛树铮（1924 年 12 月 24 日出生，宜宾人）。本来我的书稿早已于 2009 年的 9 月完成，2010 年元月的某天，却因一个极偶然的机遇，有位热心的朋友竟帮我找到了第三位极珍贵的采访对象。这位老人名叫练治中，资中孟塘乡人（1922年农历五月二十二日出生），当年因躲避壮丁，从老家到新津投奔老表，被养场队的一位中队长看中，而被吸收为一等养场兵，因他具有初中文化，7天以后又被破格提拔为上士文书，他为人善良正直能干，后来还借调到总站第四课做文书工作。

吕仲明老人高高瘦瘦的，人很和善，说话轻言细语，思路清晰而冷静。1949年10月，他因故土难离主动放弃了飞台湾的机会，申请"支遣"回家。中华人民共和国成立初，我军出告示，共招收了上百名原新津机场的技术人员，作为有军人身份的学员集中学习了4个月，本应分到沈阳的一家飞机发动机制造厂工作。时任学员班长的吕仲明因家庭的拖累，经过批准，申请转业到地方工作。他拿着公函去新津县人民政府报到，先后在县法院、县公安局工作过，1954年成立新津县电厂，他作为技术人员被调去，一直工作到退休。

1944年的薛树铮

薛树铮那时也进了我军招收的学员班，军方调了他3次，因为老婆的拼命阻拦，而坐失了加入沈阳某军工企业的机会，至今回想起来仍追悔莫及。中华人民共和国成立初，薛树铮买来一部雇人跑运输的胶轮板车，被作为"资方"的剥削工具没收。后来到粮站工作，有段时间既当保管还兼会计，管两部发电机发电，还要搞粮食机械修理。薛树铮脑袋灵光，擅搞修理。俗话说：一招鲜吃遍天。数十年来，他一直以多面手和一手过硬的技术活受到人们暗中的优待和喜爱。

练治中老人长得慈眉善目，语气温和，记忆力好，有一种过来人

的从容和淡定。他是 1946 年正月间当的新津机场的养场兵。此时，距 1945 年 9 月 2 日在美军"密苏里"号战舰上举行的日本投降签字仪式的时间，虽然已经过去了四五个月，但仍有许多美国人尚未撤离，那时仍然经常有美军运输机来来往往，运来一箱箱的战略物资。直至 1947 年的某一天美军正式撤离时，美国人把无法运走的大批衣物堆成小山，泼上汽油点火烧掉。当时，机场里还有 10 多架被当地人称作"磨子架架"的双机身美国黑寡妇战斗机（即 P-61 战斗机，机身涂成黑色，常常隐蔽于夜空中，依靠其先进的机载雷达搜索发现目标，是世界上第一种实用的夜间重型战斗机），一夜之间，美国人将每架飞机内部捣毁不说，还逐一将每架飞机的机翼砸落。练治中老人告诉我：当时人们都这样议论，说美国人对中国的贪污腐败不满，所以不愿把剩余的飞机和物资移交给机场。除此之外，我想恐怕还有别的更重要的原因，恐怕美国人是怕他们研制出的这种新式夜间重型战斗机泄密吧？ 1949 年 11 月 11 日，练治中等 60 多名 11 总站的地勤人员随胡宗南的队伍调到西昌机场，不料却因祸得福，西昌机场没有资格飞台湾或飞海南岛的那些人，随中共地下党人起义，维持了西昌市在特殊真空时段的社会治安。上千起义人员不远千里，由一二十名解放军官兵护送，从西昌经石棉、雅安，步行数日，至新都三河场集中学习 3 个月后，练治中以一个中国人民解放军复员战士的身份，怀揣有着金色军徽的鲜红的复员证，回到老婆所在的新津县迎先村务农了。他是我军的复员战士，一辈子还算过得平静。

这年 85 岁的薛树铮是一位容易讨人喜欢的老头儿，他满头华发，风度翩翩，开朗幽默，非常健谈，说话中气很足，他的浑身散发着一种与垂暮之年毫不相称的朝气。他是宜宾人，毕业于中央航空机械学校，专业是修理教练机的发动机，1944 年 4 月与许多人一起，从供职的中央航空军官学校（驻宜宾）调驻新津机场。但自从来到新津后，就再也没有碰过发动机了。那时，扩建新津机场的工程已进入修修补补的尾声，这时 B-29 飞机还不见踪影，倒是有许多 C-46 或 C-47 或 C-87 或 C-109 燃料运输机在机场上频繁地起降，全都是来自驼峰航线印度方向的飞机。

1942 年 5 月，由于日军切断了战时中国最后一条陆上交通线——滇缅公路，中美两国迫不得已开辟了一条转运战略物资的空中通道——驼峰航线，从印度东北部的阿萨姆邦直达中国云南昆明。在世界航空史和军事史上，任何一条航线的艰险程度都无法同驼峰航线相比。这条空中航线长约 800 公里。需要飞越空中禁区喜马拉雅山脉，所飞之地都是海拔 4500 米以上甚至 7000 多米的高峰，飞机在其间穿行，只见机翼下方一座座耸立的皑皑雪峰，好似骆驼驼峰一般，因此而得名驼峰航线（The Hump）。一份美国空军的纪要这样写道，"这条航程 5 个小时、700 英里长的航线被飞行员视为自杀航线，充满了变化无常的风向、季风、不可预知的湍流和地球上最危险的地形"。除了恶劣的天气和机械故障，毫无自卫能力的运输机有时还会眼睁睁地遭到日军战斗机的拦路袭击。一些飞行员一天需要飞三次，他们经常感到筋疲力尽、压力重重。

裴孝贤（Donald M. Bishop）在《二战期间的美国和中国作战纪要》一文中说得很明白："美国驻华空军部队的背后是喜马拉雅山脉。在中国的每次出击都依赖于从印度飞越喜马拉雅山脉的空中补给线。每个人、每架飞机、每个备件、每个工具、每台无线电、每台雷达、每台推土机、每颗子弹、每加仑航空汽油以及每一听午餐肉，都要历经长途飞行加入中国的战争。其他方面——中国政府、中国军队和史迪威将军在中国的部队，都依赖于同一条供应线。"

"马塔角行动"的最大缺陷在于要将大量的燃料、炸弹和零备件存放在中国前方基地，需要进行大规模的空运。有许多炸弹和燃油是

B-29自行运输到中国的，运燃油的B-29需要在弹舱内加装两个巨大的油箱，每架飞机可以装3万升。飞驼峰航线极其危险，机组每一次的运输任务都可以算成作战任务，都可以在飞机上绘一个骆驼图案。此外，还专门动用了两种B-24派生的运输机——C-87和C-109，专门运输航空燃油。

薛树铮老人说，那些运输机卸下货之后就飞走了，我们当时的任务就是随时听候通知去卸货，偶尔也往飞机上装货。我们卸的都是装在军绿色的包裹、木箱里的生活用品、食品和药品；油桶、炮弹等笨重的物件另有专人负责卸到别处，然后运往机场西边金马河边的露天库房存放。东西一卸下来码好，立即拉起军用篷布遮盖。当时，靠岷江的机场南边有三四百米远的地方，各种军用物资常常堆积如山。

因为彭山机场属于空军11总站管辖，1944年，吕仲明在18公里之外的彭山机场服役。老人说，彭山机场比新津机场小多了，那边从来没有起降过运输机，彭山机场所用的所有战略物资都是B-29直接运送过去的。

这里，我联想到了几乎是处在同一时期的"二战"中的欧洲战场，美军在意大利东部的一个小城建立B-24轰炸机基地时的情况与新津机场几乎如出一辙。被誉为"二战"历史学教父的美国作家史蒂芬·安布罗斯，是美国电视剧《兄弟连》的原著者，他的纪实著作《空军战士》这样如实写道：

"1944年1月，陆军航空队到来了，他们把切里尼奥拉附近的地区改造成一个主要的机场，一场不可思议的行动风暴就此开始。无数的地面支持车辆和巨量物资都送达这里。2000多名455和456轰炸大队的年轻人进入基地。橄榄绿的军用帐篷在橄榄林里形成一个城市，外加大量地面支持设备、燃料、炸弹、弹药、食品、医药和其他后勤保障品，而且这些东西每天都还在往这里运。切里尼奥拉的人们开始了解美国人打仗的方式。他们从来没见过能与此相比较的战争方式。"

薛树铮他们有时也为过路的 B-24 重型轰炸机或者 P-40 战斗机加油，这些战斗机一般都是执行临时空中护送任务，一加完油就会飞走。一开始是人工加油，最为紧张和麻烦，先把若干桶汽油滚到机身下面抽正（立正）。加油时，用油泵打上去，高高的机头上站一个人盯紧油表，打手势指挥；下面的人挪油管的挪油管，拧油桶盖的拧油桶盖，按开关的按开关，几个人忙得不亦乐乎。

薛树铮说：B-29 轰炸机来了以后，我们就改为给它加油装弹了。我是上士班长，管有 10 个机械兵，我们班配有一辆小吉普，每个班负责两架飞机同时加油装弹。我的工号是 50 号，固定在 50 号停机位干活，每次服务的 B-29 飞机都不同。停机位只有 90 号，我记得最多时停过 80 多架飞机，但从未停满过。

有好多次，B-29 飞机都是凌晨 5 点过走，下午 7 点以前回来。每架飞机一降落，就跟在机头前边的那部作导引的敞篷小吉普之后，在辅道上慢慢滑行。导引车上站着一个打着一面白旗的地勤导引员，白旗上用英语写着："Follow me（跟随我）"。新津城关小学吴慧明老师的丈夫彭述古先生，我就见到过他站在汽车上打着白旗。B-29 滑行到停机位上，一律头朝跑道停好。B-29 是 4 个引擎，有的飞机遭打停了一个两个引擎，有的机身上穿了些洞洞，飞行员都把飞机开回来了。守卫 B-29 的是中央航空特务旅的士兵，每架飞机至少有 1 名士兵把守，凡是哪架飞机加强了守卫，哪架飞机上就一定有大官。航空特务旅是中央军，装备好，头戴钢盔，脚蹬翻毛高帮皮鞋，背的是汤姆式冲锋枪，每个班有两挺便携式机关枪。

驼峰航线运来的弹药都存放在机场以西金马河边的不同库房里，拆

去引信的炸弹堆放在那种撮箕形的用沙袋围成的露天炸弹库里。白天，就有专人用道奇大卡车把需要的炸弹、机关炮弹和机关枪子弹从金马河边运送过来，在每个停机位的两边码好。晚上7点多钟，我们班每个人在腰杆上拴好工具袋，乘着配发的小吉普，赶到我们的50号停机位开始工作，一直要干到第二天凌晨3点。我记得有个把月相当忙，天天如此。每次都是先装好炸弹枪弹，再加满汽油，经B-29上的美军机械师检查签单后，我们才能下班。

最初，我们都不知道怎样为B-29加油装炸弹，也没有受过这方面的培训，是我们服务的第一架B-29上的美军机械师手把手地教我们的。我们第一次乘车赶到50号停机位时，那位机械师和翻译早就在那儿等我们了。每个炸弹近1人高，重230公斤，每架飞机装弹30个，炸弹装在B-29飞机腹部的炸弹舱里。把机腹底下的开关一按，弹舱门就呜呜呜地自动打开收进舱里了。我们就爬进弹舱，把一颗颗炸弹用手摇上弹机吊升到位。此时，须一人摇手柄，二人将慢慢上升的炸弹扶着，把它吊到机腹内的弹架上以卧式安装到位。这时的炸弹还是哑弹，接下来还须装传爆管（俗称引信）。传爆管是一根约30厘米长的管子，管子底部有一根撞针，撞针前面安装了一根雷管，雷管前有一盘由保险针固定的弹簧，一颗炸弹的传爆管有两根，分别装在弹头和弹尾里面。我们先要车（拧）开弹头上的折尾子，取出传爆管。再拿起一个密封的纸包，拉开一根蜡封的线拆封，把取出的雷管装进传爆管里。再把传爆管放回弹头原处，上紧螺丝封闭，将保险针别牢。在弹尾，则是拧开风尾翼，按上述步骤安装传爆管。最后还需要把弹头、弹尾两根保险针的拉绳分别钩在炸弹舱里的弹架上。投弹时，坠落的炸弹挣脱钩死在弹架上的保险针，在炸弹迅速坠落间，弹头的折尾子和弹尾的风尾翼在疾风中飞速旋转，致使保险装置脱落，这就释放了原本固定在传爆管里的弹簧，于是一撞即爆。装炸弹很花时间，干这个活儿必须小心翼翼，一点都不敢大意。因此规定每 5 个炸弹为一组，必须是等上一组在弹舱里固定并将保险针别牢之后，才能接着装下一组。

然后，为 B-29 的 5 个炮塔装子弹和炮弹。飞机尾巴上的炮塔有两门机关炮，我们要在每门机关炮的旁边摆上两箱机关炮弹，并把第一箱机关炮弹夹拉出来，卡在炮身的进弹舱里。除此之外，还要为 10 挺 12.7 毫米的可耳提机关枪装子弹。机关炮弹约 50 厘米长，有手电筒那么粗；机关枪子弹约 20 厘米长，只有蜡烛那么粗，可一口气连发 1200 发。机关炮弹和机关枪子弹都是以穿甲弹、爆炸弹、燃烧弹三颗子弹为一组，每颗炮弹或子弹的头上分别以黑点、白点、红点相区别。每一箱机关枪子弹是连成一串的 400 个子弹组合。这种装弹也非常简单，在每挺机关枪的旁边放上两箱子弹，拉出第一箱的子弹夹，把子弹夹空着的第一格在机关枪的进弹舱里卡好就行了。

最后才是加油。这时，那 6 座小山包样的油库和地下输油管道已经建成，每个停机位都设有一个输油井口，打开窨井盖，拉出井口里的输油管，再把机翼上的油箱盖子打开，拧紧输油管跟飞机油箱的接头，就可以轻松地加油了。B-29 的油箱，分布在机翼下面的机腹和两边的机翼里，机腹的油箱有个总的加油表，使人可以方便地判断出是否加满了汽油。加的汽油如果按桶计算，起码要装 20 桶，每桶 200 多公斤，如果还像过去那样人工加油的话，不把人累憋气才怪。

每回一过午夜，人就饿得受不了，总站也不兴送夜宵来。后来，我发现了飞机机舱中部的用餐舱，它的位置在前后炸弹舱之间，从炸弹后舱之前的一道舱门就可以爬进去，从这里还可以进入机翼，并且有舱门直通机头的驾驶舱，但这道舱门是锁死的，非机组人员绝对禁止入内。这个用餐舱可供五六个人用餐和休息，拉下贴在机舱壁上的小铝凳，人

就可以坐下来；还可以把一个铝质桌面拉下来平放，放上一些小食品和水杯。机舱地面上放着装食品的大纸箱。我发现专门有美军后勤人员把载了这种大纸箱的道奇大卡车开到停机坪，他们抱着它，一箱一箱地往飞机上送。我感到好奇，就悄悄上去把大纸箱打开。哇！原来大纸箱里装满了几十个饭盒大小的营养快餐食品盒，盒面上分别印着早、中、晚餐的标记。每个食品盒里有巧克力、饼干等糖果点心，有4支骆驼牌香烟和4根一划即燃的火柴棍儿。拉开贴在机壁上的小屉，就会露出许多重叠的在当时觉得新鲜的一次性纸杯。美国人想得真是周到，只消把机舱壁上的开关一按，就能放出饮用水或果汁来。这里还有垃圾袋，吃不完的东西可以直接扔进去。肚中十分饥饿的我们，根本抵挡不了这些食品和饮料的诱惑，就悄悄取些来吃。一开始我们怕受查处，不敢多吃。后来见美国人根本不把这当回事，胆子就大了，每次都要拣好的来吃，还要藏点儿在飞机下面的野草丛里。但吃剩的食品绝不敢丢进用餐舱的垃圾袋，害怕授人以柄。

每回半夜2点过，加油装弹快完成的时候，中方翻译就会陪同该架飞机的机械师过来，机械师登上飞机检查一番，如果没有发现问题，他就会说"OK！OK！"并在我们当天的任务通知单上签上他的大名。为方便发现问题及时联络我们，我把我们机械兵大队的联系电话留给翻译后，就可以下班了。因为每天具体停放的B-29飞机不同，每次加油装弹完后，我都要重复做这同一件事。

每回夜里加油装弹的时候，停机坪上一片灯火辉煌，人影绰绰，热闹非凡。那灯火不是发电厂送的电，而是飞机上自身的照明灯。想想看，每两架飞机就有11人在忙碌，还另有2至4名卫兵在把守，如果是80架呢？那岂非是五六百人加夜班的工地了，再加上好多部亮着雪亮光柱的小吉普来来往往运材料，那挑灯夜战的场景何其壮观啊！

2. 一位空军11总站机械兵的回忆

当年空军第11总站的机械兵陈永牲，多年后在互联网上发表了一篇文章《空军十一总站与美军 B-29 空中堡垒之关系》，有助于我们对11总站和新津机场增加一些了解，现将该文摘录于后，以飨读者：

中华民国单独抗日 4 年 5 个月之后，恰日本袭了美国珍珠港，才有了并肩作战的盟友。日本已打到大陆的湖南长沙一带，为了遏阻日本西侵，美军选择四川成都附近的新津为美军 B-29 基地，作为攻击日本长崎及中国台湾的根据地，于是结集了 10 万民工（？），夜以继日地建筑了一条可供 B-24 和 B-29 重轰炸机起降的跑道。

为了配合这一重要任务，我空军成立 11 总站，总站长由易国瑞上尉担任，由于一下子来了这么多美军重型轰炸机和飞行人员，地勤人员非常缺，于是易国瑞总站长积极招兵买马成立第 6 机械队，笔者就是那时应征的机械小兵。

当飞行跑道完成后，我们这批地勤人员，加油的加油，装炸弹的装炸弹，装子弹的装子弹，忙得不亦乐乎，期使这批 B-29 型轰炸机，能顺利在日本本土长崎及中国台湾的基隆、新竹、嘉义、台南及冈山施行轰炸，以打击日军的士气与断绝其后勤支持。飞机有时晚上出击，有时白天攻击，飞机要一降落，我们这些地勤小兵一拥直奔自己负责的飞机，夜晚亦如同白昼，其忙碌之情形可见一斑。每一架飞机光是后勤就需要忙多久？我们先来看看此机的特性。

B-29 重型轰炸机的特征（略）。

由以上武器装备的数量就够我们地勤人员忙的。还有最大航程5830哩，这么远的飞行要加多少油，因此侍候一架B-29空中堡垒起码需要地勤人员10人之多，10架飞机则要地勤人员100人，一个飞机场当然不止10架飞机而已，再加上维修人员，机员每架10人，这个机场可热闹了，人多了消费亦就增加，原为穷乡僻静的小乡镇突然间繁荣起来，各种应时的面店如雨后春笋似的林立，因为人数多消费增加，物价亦随之增高，每月所得标准，我当时的薪资为五斗米，随着物价波动，解决了民生问题，可是每到月底才能打牙祭。所谓打牙祭就是牙齿祭奠一下，亦即是那天有肉吃，平时都是素菜。

但是美军却吃的是高空伙食，他们仅吃肉，其他杂七杂八汤汤水水都不吃，由厨房私下转卖给当地商人，商人再加点作料重煮再卖给当地百姓，既好吃又便宜，所以那里的老百姓最喜欢老外驻扎在那里，既可以做他们的生意，又可受雇大量的民工，那时11总站总站长易国瑞仅是个空军上尉，但可神气得不得了。

1944年美国B-29机刚刚成军状况频传，但却对外声明说，美国拥有的新型B-29轰炸机是"一种极其复杂和最具致命打击力的飞机"，能够实施迄今最为沉重的空中打击。声明中没有提到的是，在中国的航空油料储备量极小，需几星期后才能再次发动攻击。对日本及中国台湾的持续猛烈轰炸因此延宕了数月之久，易国瑞总站长再能干亦没有办法。

华盛顿希望通过这些大规模的轰炸，不仅能大大削弱东京的战争能力，也能缓解日本对中国的压力，并转移其对美国定于1944年6月中旬入侵塞班岛的注意力。但第20轰炸机司令部在后勤维修方面遇到了极大的困难，而中国的油料供应不足，在短时间发动攻击甚有困难。虽然如此，我们中国地勤却仍然忙得昏天暗地，一直到1945年第二次世界大战结束日本投降，这批飞机无法携回，又怕机密泄露，于是用炮将其击毁。

B-29 重型轰炸机草创成军，服役极其短暂，不到数年，但携带原子弹轰炸长崎、广岛而出名，有幸适逢其会，从执行任务状况频频一直到"寿终正寝"，都参与其旁的地勤工作者，对此庞然大物，现在思之依然犹新。

3. 美军招待所内幕

1943 年 11 月，中、美、英三国在开罗会议上做出了由美国派遣陆军航空兵进驻中国大后方以反击日本的协定。为配合美英盟军援华抗日，蒋介石从开罗回到重庆后，国民政府军事委员会决定专门设立接待盟军的服务机构——战地服务团。1943 年底，战地服务团成立，战地服务总团驻重庆，按当时的大后方机场分布，设立了 4 个区办事处，负责办理接待事务：第一为重庆区，包括重庆附近以及梁平、泸县机场；第二为成都区，包括川西地区七大机场；第三为西安区；第四为昆明区。总团长黄仁霖系宋美龄保荐，办事机构人员以"新生活运动委员会""励志社"系统为主，并聘请了部分浙江宁波籍留美人员。

第二区（成都）办事处主任先后为史襄哉、厉志山、伍守宫。1943年 12 月下旬，黄仁霖派史襄哉率领一批人员来成都，筹备成都区办事处，办公地点在东城根街吴景伯公馆内，主要负责川西美空军基地的接待工作，并修建了一批招待所。在新津机场建立每所能容纳 700 人的大型招待所 7 个；在邛崃、彭山、广汉 3 机场各建立大中型的每所能容纳 500 人左右的招待所 4 个；在双流、彭镇、凤凰山 3 个机场各建立中小型的每所能容纳 300 人左右的招待所 3 个，在成都市商业街励志社内建 1 个。

为了尽量使招待工作做得令美军满意，并为沟通双方意图，交换情报，特设立"中美座谈会"。美方参加的有美空军驻川西区的司令南达

尔、作战司令柯蒂斯、克拉克、宪兵队长荷玛及各机场负责人和新闻处人员等 10 余人。日常服务事务由区办主任与市政府、警察局、外交特派员公署等机关具体协调联系，每周四下午在励志社召开中美各方的碰头协调会，互通情况，解决问题。

新津机场实际建有 6 个美军招待所，1、2、3、4 所在机场东南角的杨柳河边，5、6 所在机场西北角的金马河边。第 4 所的背后不远就是毛家渡。有文史资料披露：美军招待所"一切设备都竭尽豪华之能事，以之满足美军的享乐"。其实，战时的美军招待所，条件十分简陋。

但当年真正见识过美军招待所并且健在的老人少之又少，但十分幸运的是，我好歹寻访到了 3 位知情者。第一位自然就是薛树铮老人。当年的薛班长曾因带着他的一班人，与欺负人的暂 2 师的丘八打过群架，因而在五津镇（旧县）街上小有名气；他好玩好奇，喜欢到处乱窜；而第 4 所的主厨又是从成都著名川菜馆荣乐园请来的，此人恰好是他的好朋友，他不仅多次出入过第 4 所，而且那主厨还经常送些诸如奶油、烤肉等好吃的东西让他带回去慢慢享用。

但寻找到第 2、第 3 位知情者则纯属偶然。2009 年 7 月 16 日中午，我从金华镇岳店子采访转来，在新津机场东边杨柳河畔毛家渡的一家馆子吃午饭，通过饭馆老板热情的指点，我找到了家住公路斜对面、90 岁的王国栋老人，以及自己撞上门来的 70 岁的刘金良老人。两位老人非常热情，不仅向我介绍了当年毛家渡附近美军招待所的分布情况，而且还把我带到现场进行指认。

原来，在新（津）金（华）公路的东北一侧，在王国栋、刘金良老人等当地村民修在公路边上的民房以及竹笼、树木的后面，竟然还隐藏着"二战"时为美军的四个招待所修的公路，这条老公路在新金公路上是一点也看不出来的。老公路在与毛家渡新金公路接口以后的约 50 米处，拐向东北方向的田野里约 500 米，再向北，之后向西，一直与机场的东南边界连接。离机场东南边界陈林盘不远，是第 1 招待所；在老公路的两边，依次是第 2、第 3、第 4 招待所，第 4 招待所离毛家渡渡口的直线距离不足 400 米。毛家渡老公路的尾端，一边是美军的营房，一边是仓库。但脚下的这条老公路完全是其貌不扬的非常一般的乡村机耕道，它伸进的是一片广阔的田野，路两边的住户很少，显得极为冷清，只是偶尔有当地村民的摩托车开过。王、刘两位老人说，这条路过去两部卡车可以错车，路面是碎石路面，脚下的这道石桥当年是木头架的，在杉木条子打的梅花桩上铺的木板，是用抓钉钉死的。这条路过去一天到晚车子很多，大卡车、中吉普、小吉普来来往往，闹热得很。

就在两位老人和我看过地形往回走的时候，在一块玉米地旁边，一位过路的老人好奇地打听我们在谈些什么。这就巧遇了我的第二位知情者——当年在美军第 4 招待所里当过杂役的 82 岁的徐绍清老人。

后来，我采访完徐绍清，回到王国栋家开在公路边上的茶铺，又巧遇了我的第三位知情者 89 岁的雷焕义老人。这样，对于"二战"时的美军招待所，就有了薛树铮、徐绍清、雷焕文三位老人的三种不同的讲述角度，如此，我们对美军招待所也就有了一个较为立体的了解了。

以下是薛树铮老人的讲述：

美军第 4 招待所面对机场，只有三通平行的中式小青瓦平房加一个厨房，平房约 50 米长，10 多米宽，门窗未漆。所内的地面只是平整过的泥地，有几棵原生的大树，招待所无围墙无大门，没有任何标记。靠厨房的第一通房子是餐厅，其后的两通是宿舍。宿舍里左右两边靠墙各安了一排双人木床，中间是长长的过道，每两张床并拢，并留过道。木

床是机场为美军打的棕绷子床，特别结实，刷的军绿色油漆。床头并没有床头柜之类的设施，只钉了几根铁钉供挂衣物。床上用品只有汽枕、睡袋、床单、毛毯、蚊帐。

美军使用的厕所也是旱厕，专门安装了外形如木箱的坐便器，其上有木盖，可以掀起来，均未上漆。两列"木箱"并在一起，可供二三十人同时背对背地如厕。还另设有小便槽。美军使用的浴室也是普通的中式排列房，是竹编抹灰的墙面，房梁上高吊着安了莲蓬头的盛水用的木桶。

美军招待所的浴室

餐厅。两大排长餐桌的两边，一左一右分别摆着一条跟桌子一般长的板凳，房子中间和左右两边均留着过道，人面对餐桌相向而坐，可供七八十人同时就餐。在这里进餐的美军有数百人之多，一到吃饭的时候，4所门前的公路和所内空地停满了中、小吉普。美军使用的西餐餐具都是自带的，专门有个插刀叉的小布袋；其军用水壶的设计也很有意思，壶腰套一个口盅（有个贴紧盅沿的把手可扳正使用），壶底扣一个盘子，自己吃完饭后在自来水龙头前冲洗干净。他们取下扣在水壶底的盘子盛好饭菜后，到餐桌前入座。餐桌上摆着盛满了牛奶、可可、咖啡的大铝壶，这时取下水壶上的口盅就可以倒饮料喝了。每3种饮料壶为1组，一大排长餐桌上就摆满了几十个大铝壶。餐厅出口处，摆放着苹果、香蕉、梨等时令水果，还有盛着各种维他命（维生素）的药瓶，由人各取所需。就餐时，餐厅门口排着长队，就餐的美军从这头进门，吃完后从那头出去，如流水一般；加之还有添加饭菜和水果的10多名侍者随时来来往往，可见这里吃一顿饭该有多么热闹了。

　　美军的膳食是菜肴丰盛的自助餐，烤肉、烧肉、炖肉、沙拉、面包、蛋糕，应有尽有。最令当地人不理解的是，他们吃鸡，其鸡头、脖、翅、爪全都不要，吃东西很浪费，整只鸡只吃几口就倒了。毛家渡的河边，经常倒着各种菜肴，外面传说这里的猫、狗、老鼠都肥得跑不动了。开始是附近农民来免费担淆（泔）水，见淆水里吃剩的整只的鸡极可惜，就冲洗干净经高温消毒后自家享用。管招待所的中国人受到启发，于是专门用干净的铝桶接各种吃剩的肉块肉汁，连同未开完的各种肉菜一起盛好，再以5毛钱1桶出卖。每天傍晚，五津镇的街边上，总有四五处专卖"二娃子汤汤"（吃剩的肉块肉汁）的摊子。一张条桌，几根板凳，点一盏清油灯亮油壶，炉子里的劈柴燃着熊熊大火，大毛边锅里的肉块肉汁"咕嘟咕嘟"的直是翻滚，搅得遍街香味四溢。那些刚刚收工的下力人围着一张张条桌，花5分钱就可以买上一大盂碗大吃一顿，据说味道还鲜。要知道，那会儿的穷人缺吃少穿，打一回牙祭（吃肉）可不那么容易哦！

　　如果有几架飞机临时路过，飞行员错过了招待所的开饭时间，机场是这样让他们"打尖"的。这时，离停机坪不远的帐篷，就成了这些飞行员的餐馆。预先运来餐具，接上电烤箱，把该加热的蛋糕等加加热。

点燃汽油炉子，放上平底锅，厨师当场煎出两面焦黄的"螃蟹蛋"。一旁的 3 只铝壶，预先分别冲好了咖啡、可可、牛奶，飞行员们将这些各人喜欢的饮料掺进杯子，就可以吃一顿还算马虎的午餐了。

以下是徐绍清老人的讲述：

美国人的第 4 招待所开办得最迟，它是在一坝冬水田上修的，最初来负责修房子的是英国人。最初开办 4 所的负责人名叫涂荣光，一个下江人，人们叫他涂主任。当时，几个招待所里的好多大师傅和中国的军官都带了家属，他们都在林盘里租农家的房子住。涂主任也带着家属，就想在我们的林盘里租间房子住，可是哪里还有空房子呀？他就动员我们家给他腾一间，愿意每月出 4 升米的租金。结果是我奶奶搬到埋叉叉的房子（又小又破的偏房）去住，把她住的房子腾给涂主任住了。4 所正需要杂役，年龄要求 18 岁以上，作为交换条件，涂主任就把只有 16 岁的我弄进去当了一名杂役。但是涂主任只住了一两个月就走了。我是 1944 年冬天进的 4 所，我每月的工钱是 3 斗 5 升大米，大师傅是 4 斗米，关饷时，除了扣 5 升米做伙食费外，还要扣点公积金。

我们不发工作服，就穿自己的衣服上班。我每天的主要任务就是烧水，负责灌满帆布水包子（指保温桶），再就是负责打扫澡堂的卫生，为美国人准备洗澡水。美国人的洗澡堂是架木房子，壁头是篾条编的，抹的灰面。在房架上吊着一个个的水桶，水桶底下安了须壶（莲蓬头），一根大绳一头拴在水桶把子上，穿过房架上的一个滑轮，另一头拴在墙上的铁钩上，可以通过收放绳子调节水桶的高度。我每次都是提前把所有的水桶放下来，倒进热水，美国人来洗澡时，想洗烫点，他就叫"Hot water（热水）！"如果他嫌烫，他就叫"Cold water（冷水）！"

这时，我就赶紧用水桶提来热水或者冷水，解开大绳，把水桶放矮一点，用瓜瓢往桶里面添加。美国人高兴了，就会请我吃糖。

招待所里分西餐部和中餐部，西餐部负责安排美国人的伙食，中餐部做的饭就是供里面的管理人员、大师傅和杂役们吃的。我们中餐部早晨是大头菜下馒头稀饭，中饭、晚餐是两三样家常菜。

美国人睡的是棕绷子单人床，他们的人长得高大，床也就比我们中国人的床宽大。美国人自己是不洗衣服的，他们每个人有个写着各人名字的专门的帆布袋，用来装自己的换洗衣服。招待所里有专管宿舍的杂役，负责把帆布袋里的脏衣服送到洗浆房，洗浆房里有专门负责洗衣服的男女洗衣工，但需要美国人自己掏洗衣费。

招待所里有军官俱乐部和军人福利社。军官俱乐部是军官们开会娱乐的地方，也卖吃的，也放电影，但是不准当兵的进去，我曾经溜进去看过电影，叽里咕噜的尽说外国话，看不懂。军人福利社就像今天说的小卖部，卖香烟、瓜子、糖果，卖生活用品，也卖咖啡，这时，白天的餐厅就成了美国兵们喝咖啡闲聊的地方。喝完咖啡，自己在桌上留下钱后走人。

招待所里专门有美国和中国的宪兵监厨，如果发现有人敢于私自挟带食品，一旦抓住严惩不贷。美国的宪兵很凶，一旦抓住某个美国人的过失，动不动就会踢上几脚头。连当官的见了宪兵也必须要敬礼。美国人的纪律很严，如果严重违犯了纪律，就会被关进一间监房——黑房子。在招待所角落里的一间房子里面，又专门修了一间拱顶的黑房子，那房子很小，除了门上开了一个小洞，四周都是密闭的，并且只有一米多高、一米多长，人关在里面只能坐着，或者半躺着，非常难受。犯了纪律一旦被抓住，就要天天被宪兵押着做苦役。

以下是雷焕文老人的讲述：

　　美国人的招待所没有站岗的，要偷他们的东西很容易。我去招待所里看电影的时候，就曾经看见他们住的房子窗子大打开，手枪就挂在蚊帐竿子上，一伸手就可以取走。每逢过重要的节气，4所就要在所里面的空坝放美国电影，那些电影都是无声电影，欢迎大家随便看，那个空坝可以装好几百人，不能看正光的就看背光。

　　那段时间，我们都说招待所是"糟蹋所"，美国人吃东西太浪费了，吃鸡，鸡颈项、脑壳、翅膀、爪爪都不要，只喝汤。好多人在招待所担潲（泔）水回去喂猪哦，猪吃得太好了，喂肥的猪连毛都要掉光。招待所里有时要把奶粉、罐头、洋猪肉拿出来卖，我买过洋猪肉来吃，那猪肉的皮子薄，肉好吃。

　　美国人的军风军纪不好，再加上招待所又没有站岗的，有的人一没有事就在外面喝酒，白天喝，晚上喝，提着酒瓶边走边喝。我就亲眼看见过一个美国人喝得醉醺醺的，要人给他找wife（妻子），我当时一看事情不对，就赶快溜了，结果他发起酒疯来，把一个人杀伤了，后来美国的医生给他包扎以后把他送回了家。

　　如果违反纪律的美国人让美国宪兵撞见，那就非管不可了。我曾经看见有五六个美国人灰溜溜地被两个宪兵押着，从我们当地人的身边走过，我们觉得新鲜，就指着他们嘲笑，被押解的就有人斜起眼睛瞪我们，嘴上叽里咕噜地发杂音。

　　薛树铮老人告诉我，美军MP（宪兵）对自己人违纪的处罚是比较严厉的。五津镇下场口，开了唯一一家名叫东方鹤园的酒吧，专门卖洋酒收美金，只接待美国人。酒吧里有3名懂英语的吧女，年轻貌美，打扮入时。有个开 B-29 的美军军官，服役期满即将回国，这晚去酒吧消遣。岂料他喝醉了酒，看中了其中的一名吧女，死活要拖她去开房，双方发生了争执。很有些背景的酒吧老板悄悄打了个电话。不久，一辆军用三轮摩托呼啸而来，跳下来两名美军 MP，先是严厉地指出该军官的不是，接着，不由分说，抽出皮鞭，当众狠抽了他两下。之后，取出手铐，将该军官铐上带走了。

以上三位老人的叙述当然还缺乏生动的故事，但是，口述历史毕竟是一件十分严肃的事，容不得半点随心所欲的凭空想象，作为实录者，我已经尽力了。

美国人来新津机场不是来看风景的，不是来喝白兰地和啤酒的，也不是来玩浪漫找女人找乐子的，他们来是要执行轰炸日本本土的战略轰炸任务的，他们的飞机随时可能被日军击落或坠毁，他们中确有人违反军纪，所幸的是他们有执法较严的 MP。

美军招待所里自然少不了中方的翻译人员，正是他们为这些远在异国他乡的美国大兵提供了交流信息的方便。据岳南所著长篇纪实文学《南渡北归》披露，在这些中方翻译中，隐藏着一位史学界的大咖——一名留学海外的博士与成就斐然的考古学家吴金鼎。吴金鼎是大名鼎鼎的海归人士，原本在傅斯年任所长的中央研究院历史语言所供职，尽管吴与傅均是山东老乡，吴氏是研究陶片的专家，不仅在城子崖的发现、发掘中做出了重大贡献，而且中央博物院总共进行了彭山崖墓与后来成都琴台永陵两次大型田野考古发掘，都是吴金鼎一人所主持。他没能像他的学弟夏鼐一样被冠以副研究员的职位，其身份仅仅是等同于最低级勤杂人员的"技正"。

1944 年 10 月 14 日，蒋介石在重庆召集国民政府党政军各界大员、各省市政府要人、各级三民主义青年团负责人及教育界人士 150 余人，

举行"发动知识青年从军会议"。会议决定从全国各地招募 10 万名知识青年编成新军,投入抗日战场。就在傅斯年劝说栖身李庄的史语所青年学者参军、而无一人响应时,一个星期之后,怀才不遇的吴金鼎主动提出参军抗战,这一举动令众人大吃一惊。吴金鼎年届 43 岁,显然已不再是青年,但他去意已决,执意把夫人王介忱留在李庄,独自一人,背着正在编写的半部成都琴台永陵王建墓发掘报告草稿,在黎明前的苍茫夜色中,顶着寒风,悲凉地踏上了前途未卜的从军之旅。

幸运的是,吴金鼎凭着在伦敦大学苦心修炼的娴熟英语,很快被分配到空军第 11 总站所辖的新津机场,在为盟军设立的第 2 招待所,当了招待所主任。他专门负责为在第 2 招待所住宿的美军人员提供翻译、娱乐、导游、兑换外币等吃喝拉撒事宜,随着美国大兵吃吃喝喝是免不了的,与李庄清淡的日常生活相比,这里每天有酒有肉、有水果可吃、有美国香烟抽,日子看上去颇为潇洒自在。但身为考古学者的吴金鼎,因学无所用,而常常感叹时运不济,并且感到"手忙脚乱,体力日衰"。尤其是每当陪着美国大兵醉酒之后,摇摇晃晃地回到宿舍,抽出枕头下的那半部《成都前蜀王建墓发掘报告》草稿,抱在怀里,不免涕泗横流,悲恸难抑。

吴金鼎在离开李庄 5 年之后,便因病驾鹤西去,让人感叹唏嘘。

4. 日军轰炸机的偷袭

B-29 轰炸机进驻新津机场以后,日军轰炸机曾经飞来偷袭过五六次,人们至今印象深刻的有 3 次。

每次日机来袭,根据敌机离机场的远近,就可能发布三种级别的警报:预警警报、空袭警报、紧急警报。但有时发了警报敌机没来,有时没发警报，敌机反倒来了。有一次日机来袭是白天，空袭警报一响，机场里的军人和机场边上的老百姓都非常紧张，人们大呼小叫，都迅速找地方躲避，有钻树林草棵的，有跳上船撑进河心芭茅丛的，有钻河滩芦苇丛的，有跳进机场壕沟的，有躲进林盘里农家按要求事先在竹疙笆下挖的防空洞的……一架接一架的轻型轰炸机，突然俯冲下来，"哒哒哒哒哒"的机枪声很令人恐惧，在人们的头顶上扫过来扫过去，响个不停。后来又丢下来许多小炸弹，满天就像撒芝麻一样落下。这些炸弹有的落在机场中间，有的落在陈林盘边上，但不知为什么都没爆。事后，害得中美双方的军人们到处去寻找那东西进行排弹。

有一次空袭是在晚上，第 11 总站的机械士和机械兵们正在给 B-29 加油装弹，空袭警报突然响了，情况万分危急。第 11 总站平时对下属的教育是：在加油装弹时，若遇敌机空袭机场，每个班的班长必须立刻钻进飞机背部的机关枪炮塔，等到高射炮开火，而敌机又到了头上，听到命令才准开火。突然，一架轻型轰炸机一阵风似的刮过，"哆哆哆哆哆"，眨眼间打出 10 多个照明弹，一个个挂了小降落伞的照明弹悬在空中，机场刹那间被照得透亮。敌机先是在机场中间丢炸弹，是那种杀伤力很大、贴着地皮爆炸的杀伤弹，弹坑达 4 米宽，弹片连草皮都要铲掉。那一刻，靠机场东南角的河边有 4 架等待修理的 B-29，两架敌机突然俯冲，朝它们开火，最边上的一架被炸弹击中腾起大火，火光冲天。此时，机场周围不同方向的 6 盏探照灯突然打开，在漆黑夜幕的衬托下，6 根又长又亮的光柱十分刺眼。探照灯射来射去，努力捕捉目标，借夜色掩护的两三架敌机立刻原形毕露，几挺高射机枪和流动高射炮先后开火，一串串红红绿绿的曳光弹十分夺目，狡猾的敌机腾越翻飞，到底让它们逃窜了。这一次，设在机场北面的高炮阵地不知何故没有开火，在 B-29 炮台里待命的人没有接到命令，因此也没敢造次。

4架待修的B-29靠得很近,中弹的那一架如果任其燃烧,势必引起连锁反应,而消防车远水又解不了近火。此时,一位美军英雄脱颖而出了,他情急生智,就近发动了一架小型飞机,并迅速转过机头对准大火,利用螺旋桨发出的强大气流,把弥漫的火焰强行吹往相反的方向,其他3架B-29因此而得救了。

还有一次空袭是半夜,这一次,把机场以东的当地村民吓坏了。停机坪以北的机场边,有口露天油池,钢板焊接的池壁,加油前要往池子里倒若干桶航空汽油,再用油泵抽进飞机的油箱里,加完和未加完的油桶都码放在周围,形成了一个3米多高的油桶圩子。这一次,敌机炸中了这个油池,冲天的烈焰烧红了半边天,吐着毒舌的火焰借着风势席卷油桶圩子,盛汽油的油桶烧爆后犹如出膛的炮弹,"咚、咚、咚"地射向天空,爆炸声震耳欲聋。散落在林盘里跑警报的当地村民不明就里,吓得惊慌失措。

侯少煊、熊倬云合写的文史资料还披露了当年的一桩公案:1944年的五六月间,新津机场遭到日寇飞机的几次夜袭,每次都发现五津镇后河湾方向有人发射信号弹指示机场方向,一般人都认定是潜伏的汉奸所为。当7月底又遭日机夜袭时,仍见有人打信号弹,当场查到的两个奸细简直令人难以置信,二人居然是住在机场第4招待所的美军人员巴尔斯和路斯登。当8月8日日机再度夜袭机场,路斯登又再发信号弹指示目标时,一些了解到这一情况的守卫机场的中国士兵,将这个家伙抓了个现形(巴尔斯在3天前已去广汉机场)。近4个月以来,日机在新津、双流两个机场已先后炸死中国员工3人,炸毁美军轰炸机7架、战斗机4架,各种汽车20多辆;此外,跑道、地勤设备和战略物资也遭到严重损失。中国人的愤怒是可想而知的。美空军负责人告知成都行辕,坚持由美方自己处理此事,最后查出路斯登这家伙"神经有毛病",此事于是不了了之。

第六章　美国大兵

第二次世界大战开始时，美国军队还不到 20 万人，排名在罗马尼亚之后，居世界第 16 位。"二战"期间，美军共征召了 1001 万名男子入伍。1939 年时，美国陆军航空队只有 1700 架飞机和 1600 名军官。1941 年，罗斯福总统命令每年生产 50000 架军用飞机，人们认为他疯了。到 1944 年 3 月，一个月的产量就超过了 9000 架，这一年共生产 110000 架。美国生产的飞机总量几乎和英国、苏联、德国、日本加起来一样多，在机身总重量上更是大大超过。到 1945 年 3 月，总共有 7177 架轰炸机在欧洲执行战斗任务，另有数千架在太平洋战场。这是一份研究"二战"史的资料提供的确切的数据。

60 多年前，盟军与日本法西斯正在进行艰苦卓绝的中缅印战役，许许多多的美国男人为了自己的国家，争先恐后地报名从军，他们大都是 20 来岁的孩子，横跨了大半个地球，不远万里，来到东方古国的西南边陲，来到了川西平原上的新津。对他们而言，这里是一片完全陌生的土地，他们在这里服役，在这里战斗，在这里生活，在这里帮助中国人抗击日本法西斯，其中一些人把自己的遗骸永远抛在了异国他乡的土地上，比如被击落，比如被暗害，比如飞机失事等等。所有机组人员飞行服的后襟上，全都缝着一块特殊的标记：丝织的美国星条旗和中国青天白日旗；还缝着一块中文印的白布："来华助战洋人，军民一体救护。"这些体形高大、高鼻深目的美国大兵，都处于生命力

最旺盛的季节，每一个人都生龙活虎，每一个人的血管里都流淌着太多的荷尔蒙。

好奇是人类的天性。正如在这片文化背景迥异的神秘的东方大地上，这些老外必然会抱着强烈的好奇心并可能干出傻事一样，我们身处中国四川盆地的新津人也同样对他们充满了好奇，可以这么说吧，这些美国军人在大庭广众中的一举一动都会引起当地人的关注，成为茶余饭后的谈资。新津机场周边的人不管是当年还是现在，都一律称华西空军基地的美国军人或美国人或"高鼻子"，"高鼻子"在他们的心目中简直就跟外星人差不多。一位受访的老人曾告诉过我下面这个典型的例子：当年她在狗脚湾美机 B-29 坠机现场，赶来救援的那些"高鼻子"一见自己的战友死的死，伤的伤，还有的上半身倒插进了秧窝田里，难过得号啕大哭。她当时冒出的感觉竟是："原来高鼻子也会哭啊！"其实，不要说当年孤陋寡闻的本地人，即便是身处信息大爆炸时代的包括本人在内的当代新津人，对曾经帮助过我们打败日本法西斯的华西空军基地的这些美国朋友，我们又了解多少呢？

我恰好查到了美国著名历史学家、历史小说作家史蒂芬·安布罗斯写的《空军战士——1944—1945 年驾驶 B-24 轰炸机飞越德国上空的男人们》。人们虽说对这位 6 年前辞世，被举世公认为第二次世界大战历史学教父的作家了解不多，但几乎都看过由他本人原创（HBO 梦工厂制作、央视一套热播）的同名电视剧《兄弟连》。《兄弟连》至今热销不衰，史蒂芬因此成为"二战"军事题材最权威的作家。

《空军战士》是一部纪实文学作品，写的虽然是"二战"期间被称为"解放者"的美国 B-24 重型轰炸机上的空军战士的故事，我在阅读本书的时候，却分明感觉到作家所描写的仿佛就是在新津机场驻扎的那些美国大兵，那些用生命和热血帮助中国抗击日本法西斯的人。这本书为我们打开了一扇窗户，一扇了解驻扎在新津机场的美国大兵心灵的窗户。我特意将《空军战士》的相关段落摘录如下，以飨读者：

B-24 轰炸机的飞行员和机组成员来自美国的各个州和各个属地。他们年轻、健壮、热情，他们是工人、医生、律师、农民、商人、教师的儿子。有些人结婚了，但绝大部分还没有。有些人接受过包括大学在内的良好教育，他们的专业是历史、文学、物理、工程、化学，等等。有些人刚刚出中学的校门。他们都是志愿参军的。美军航空队，即 1942 年以后的陆军航空队，并没有强迫任何人去飞行。他们是自己做出选择的。1927 年，当查尔斯·林白驾驶"圣路易斯精神号"从长岛飞往巴黎时，他们中的大多数人还很小。对很多孩子来说，这是第一桩外界影响他们的事件。它激发了孩子们的想象，像林白一样，他们也想飞行。在他们 10 多岁时，如果开过车的话，也只开过福特 T 型车，或 As 型车。他们中的很多人是农村孩子，跟在骡子或马后面犁过地。他们在屋外解手，步行很远去上学。包括城市孩子在内，他们绝大多数人都很穷。如果十分走运、有份工作的话，一天可以挣一块钱，有时还挣不到。他们在家不是老大，还要穿哥哥们穿过的衣服。在夏天，很多人赤着脚。他们几乎不旅行，甚至没有离开过家乡。绝大多数境况稍好一点的，也没有离开过他们所在的州或地区。只有极少数条件好的人出过国。几乎所有的人都没有上过飞机。他们中没有见过飞机的人数令人吃惊。但是他们都想飞。除了想冒险之外，他们要飞行的动机还有好多：事业令人羡慕，津贴很高，有戴空军徽章的特权，提拔迅速。你开始服役，不用睡在停泊靠岸的军舰的舱位里，也不用睡在有人向你射击的猫儿洞里。他们知道一定会服役，绝大多数人确实也想服役。他们的爱国主义是毫无疑问的。他们想成为击垮希特勒、东条英机、墨索里尼及其帮凶的一员。然而他们想了解怎么去做，非常渴望去飞行。

他们希望像一只鸟儿离开大地，在高空中俯瞰祖国，跑得比在陆地上的任何人都快。在将过去和未来截然分开这一点上，飞机产生的作用超过电灯，超过蒸汽机，超过电话，超过汽车，甚至超过报纸。它将人类从地球上解放出来，打开了天空。

令人惊讶的是他们太年轻了，许多人加入陆军航空队时只有十几岁，有些人在战争结束前永远也不会到20岁了。那时超过25岁的人，一般都会被人们当成"老人"。在21世纪，成年人几乎不肯把家用轿车的钥匙交给年轻人，但在20世纪40年代的头五年，成年人却把他们送出去扮演拯救世界的重要角色……

机组成员来自全国各地。从他们集合的那一刻起，他们住、睡、吃、工作和玩都在一起，他们将共同生活到死或者战争结束。机组成员之间发展并保持一种密切的关系非常重要。他们住在一起，军士在一个地方，军官在另一个地方。恼人的习惯会被放大，毁了他们之间的关系，例如他们的口音，喜欢的音乐，所用的粗话，对女人、酒精、图书或者漫画的不同口味，政治观点，吹牛夸口或者不同寻常的谦虚，洗东西或刷牙的方式，穿衣服的方式，从家收到的包裹，所玩的或者喜欢的体育项目，开的玩笑，让他们笑或者哭的东西，一切的一切。他们已经走在成为战士的路上。他们需要有不同于平民百姓（无论是干什么的平民）的亲密关系。他们的生命危若累卵。他们每个人的安全绝对必须依靠其他人各司其职、不出差错。他们不仅必须互相扶持前行，还要毫无疑问地相互信任。他们被抛在一起。在安排到同一机组前，他们之间大多数互不认识。他们的共同之处就是同在陆军航空队服役，都渴望飞行，有着从来不说或很少说出的爱国主义，以及——最重要的——都是年轻人。大多数人的年纪是22岁或者更小。

正是这些令人惊讶的太年轻的美国大兵，在中国成都美国陆军航空兵重型轰炸机 A-1 基地服役。休息之余，他们在新津民间留下了好些趣闻逸事。

1. 大男孩的小把戏

新津的男孩都喜欢玩鞭炮、玩欢喜炮儿（玻璃弹丸般大小，锡箔纸紧裹碎瓷片的小炸药包，一摔一个响）。这些美国大兵也不例外，他们买来欢喜炮儿"砰砰砰砰"满地乱甩。买来一挂挂的鞭炮，有的像子弹带一样斜挂在肩上；有的小跑着，将点燃的鞭炮拖在地上"噼里啪啦"一阵好爆，放炮的人乐不可支，围观的当地人像看猴戏一样乐得开怀大笑。

新津一些人喜欢戴瓜皮帽（用 6 块黑缎或绒布连缀而成，形如半个西瓜），一些人喜欢用铜水烟袋抽水烟，而穿草鞋则是穷人无奈的最爱。这些美国大兵"东施效颦"，买来草鞋换上，却把草鞋的左右穿反，草鞋鼻子穿在了一左一右。一身军装，却头戴瓜皮，那模样简直令人喷饭。而抽铜水烟袋呢，似乎比开飞机还难学，一不留神，竟将烟袋里的臭水吸进了嘴里。虽然抽水烟不好掌握，大兵们却明白造型奇特的崭新的铜水烟袋是"古董"，宁愿以 1 美元 1 个的廉价收购，谁知那劳什子只值 1 个大洋呢（当时 1 美元可换 6 个大洋）！

有的大兵是摄影发烧友，喜欢端着相机到处乱拍：修机场拉石磙的民工，锤石子的女人和儿童，机场边上卖凉拌菜的妇人，推鸡公车的脚夫，赶着水牛犁田的农民，踏龙骨水车车水的美军军官，正要起飞的B-29，走在街头的自己的长官和战友，洗淋浴的木桶……总之见啥拍啥。后辈人真的该感谢这些美国大兵，正是有了他们当年的胡拍，才有

卖肉方式让美国人感到很新鲜

骑水牛的美国大兵

了近年发现的 76 张"二战"老兵拍新津的照片，给后世留下了极为珍贵的历史记录。

有的大兵在饱餐招待所的西餐之余，也喜欢品尝新津的小吃。圆润雪白的汤圆搁碗里倒是可爱至极，那陶钵里盛的红糖芝麻芯子闻着也真香，谁知张嘴一咬汤圆，竟被烫得龇牙咧嘴。最不解的是，汤圆表皮未破，那甜馅怎么会在汤圆里面呢？少不得妈咪般的女店主连比画带操作，从头包几个汤圆来瞧，大兵们这才恍然大悟，连叫"OK"。

大兵中的淘气鬼也绝非省油的灯，闲得无聊时，他们不是买来当地男孩喜爱的弹弓，偷偷瞄准农家的土陶罐乱打；就是把枪口悄悄从值勤的暗堡枪眼里伸出，瞄准飞鸟练靶子。当然，做这些事绝不能让 MP（宪兵）知道，否则吃不了兜着走。

大兵们的兜里仿佛随时都揣着糖果、香烟，当地不管大人、小孩，只要你竖起拇指脸带笑，叫一声"密斯头儿（Mister，先生）顶好"，大兵们马上笑逐颜开，不是请你吃水果糖，就是给你散美国烟。大兵们觉得新津这地方人很友善，但对某些植物却不敢恭维，有时内急不得已在野外登东，好家伙！一种绿色的叶子（荨麻叶）直把人蜇得哇哇大叫。

有的大兵手里有橡皮艇，大热的天，就喜欢把艇扛到金马河里冲浪，橡皮艇在来自高原雪峰冰凉的河水里顺流冲下，那种惬意简直难以言传。等艇冲到老远的河滩搁浅，那里早有几个七八岁的当地男孩一边叫着"密斯头儿（Mister）顶好"，一边跑来。兴之所至，大兵们不仅发糖给孩子们吃，还把卡宾枪上了膛，谁敢扣动扳机"砰"的放一枪，有赏。

还有这么一件真实的事情。一个美国大兵路过一户农家的篱笆外面，那家的大嫂就主动招呼他，连比带画说：密斯脱儿，这个，这个！

她比的是罐头。改天，这个大兵果真来了，他的脖子上吊着绳子拴的一大串罐头。

2009年的一天，我在新津县城南河南岸的河边喝茶。茶铺老板罗树生是个资深的民间收藏家，听说我在写新津机场，就拿出了一件藏品给我看。这是一个模样特别的瓷杯，造型古朴厚重，瓷胎厚厚的，瓷色雪白，光润如玉，给人以古董的感觉。杯底有证明自己身份的英文标记。罗说，这是当年中国政府赠送给驻新津机场的美国兵的。这个杯子是罗树生的一位被称为吴婆婆的送给他的。吴婆婆当年在新津小水南门“真容照相馆”的旁边开了一家水烟铺，她的烟铺专门摆有铜烟袋，供过路客临时买烟丝抽了过瘾。有一天，几个美国大兵在她的烟铺前看热闹，对中国人“咕嘟咕嘟”地抽铜水烟袋很感兴趣。其中的一个密斯头儿就跟她比画，表示要用实物换水烟抽，说着，他就从挎包里掏出这个白瓷杯给了她。这个密斯头儿接过吴婆婆给进他的一包金黄色的烟丝，就迫不及待地拈了一撮巴在烟斗里，吴婆婆忙递给他一根点燃的纸捻子，他撮起嘴唇一吹，居然把纸捻子给吹燃了。这个密斯头儿有点得意，就拿火头去点烟丝，并衔着烟嘴使劲一抽，冷不防一股咖啡色的臭水就吸进了他的嘴里。他夸张地张大嘴巴“呸呸呸”地一阵乱吐，简直把他旁边的几个大兵乐坏了。这事一晃就过了快60年。大约是2003年的一天，有4个到新津机场寻梦的白发苍苍的“二战”老兵，在中方人员的陪同下，在罗树生开的餐馆里用餐。罗树生拿出了他收藏的这个白瓷杯。几个老兵相互传看，面带惊喜，边看边说。最后对罗树生比了比大拇指。随行的翻译说：他们说，这种杯子他们当年确实用过。罗树生还告诉我一件事，他说是他父亲亲口告诉他的。当年，有个美国兵对摆在地摊上卖的大红烛很好奇，就买了一对放在军裤口袋里想带回去，当时是大热天，不料红烛在他的口袋里就焐化了，糊得满口袋都是。弄得这个美国

茶杯是美国卡尔瓷器公司生产的

学抽水烟的美国兵

兵很丧气，连比带画，直说中国的产品质量不过关。

为了弄清这个杯子的来路，我专门把杯子的照片通过互联网发给我的一位华裔美籍友人陈建明求证。她告诉我，杯底文字是："卡尔瓷器公司格礼夫顿西弗吉利亚州。"她说，卡尔瓷器公司于1916年在西弗吉利亚州的格礼夫顿镇成立，首任执行官为卡尔·汤姆士。他的父亲卡尔·詹姆士在纽约开了一家瓷器行。主要生产酒店和餐饮业的瓷器。1952年关闭。现在网上有一个卡尔瓷器公司的收藏家俱乐部，在EBAY上出售收藏品也很活跃。

显然，这个杯子并非中方发给美国大兵的慰问品。它究竟是哪位换烟丝的美国兵的私人物品，还是别的什么，就没有人说得清了。但这个杯子毕竟是从美国远涉重洋首先到了印度某机场，再通过"驼峰航线"，才运送到了东方的中国新津，他是"二战"老兵用过的物品，仅此一点就很有收藏价值。再加上生产它的卡尔瓷器公司已关闭了50多年，收藏家们现在都乐于收藏该公司的藏品，新津有关部门拟建立的所谓"飞虎队纪念馆"，如果能说服罗树生收藏到这个杯子，也算是一个不错的选择。

2. 古镇岳店子的留影

距新津县城约7公里处的岷江边上，有一个曾经很繁华的水陆码头，一个不大的古镇——岳店子。因为这里离毛家渡的美军招待所不过一两公里，无形之中就成了美国大兵们最爱来玩的地方。他们或者挎着卡宾枪，或者带着挎包，三五成群，邀邀约约，每天都有人到这里来散心。

古色古香的岳店子很有点儿典型川西小镇的味道，一条古街，街面上铺着让鸡公车的铁箍轮子碾出一道道石槽的紫砂岩红石板；街上有一长溜街房修得尤其高大美观，清一色的大摆柱，摆柱上还装饰着雕花的吊柱，这一段古街至今风韵犹存。台子坝是场镇的中心，高耸的镇江王爷庙坐东向西，西面那座雕梁画栋的万年台背后就是滚滚东去的岷江，万年台旁边有一株浓荫匝地、苍劲盘曲的古榕树。岳店子濒临岷江，距杨柳河汇入岷江的江口很近，水运十分便利，新津、乐山的油、米、盐、麻船及温江的烟叶船在此停泊，附近山区的土特产在此集散，码头上常常泊着二三十只货船。一条不足 200 米长的街上，就有 3 家栈房（旅店）、8 家酒铺、6 家茶铺、4 家鸦片烟馆，政府还在江边专设盐仓。那时，牧马山上经常发生土匪绑票抢人的事，被绑票的人家，往往要找码头上的舵把子（舵爷）出面调停，抢匪与被抢者都要在岳店子的茶铺里吃讲茶。每逢农历一、四、六、九的赶场日，街上熙熙攘攘，热闹非凡。

岳店子是水陆码头，这地方的人都见过一点世面。每回美国大兵一来，总有一些胆大的小伙子和小男孩围着他们前呼后拥，一些姑娘、媳妇也远远地伸长脖子瞧热闹。就连我写的这段文字，也是当年跟着瞧热闹的一个小姑娘、如今 82 岁的覃玉良老人告诉我的。在岳店子土生土长的覃玉良老人是吕仲明的老伴，读过许多世界名著，她精力充沛，讲述生动，谈笑风生，记忆力好得惊人。她说，美国人当年来岳店子，她们一帮女孩子经常去看热闹，只不过她们是站在"二三线"，在"第一线"的都是那些小伙子、男孩子。

台子坝的那棵好几个人才能合抱的古榕树冠盖如云，本来就引人注目，树下是岳店子最大的一家茶铺。前来岳店子玩耍的美国大兵，每每一看到古榕树下摆的一张张四方小木桌和黄金杠色的高靠背竹椅，就会眼前一亮，不由自主地就走过去。他们把卡宾枪取下来往竹椅的椅

与中国儿童玩耍的美国大兵

与腼腆的中国女兵合影

背上一挂，然后学着当地人的样子跷起二郎腿，在茶桌旁坐了下来。跑堂的幺师一见来了老外，立刻来了精神，他唱歌也似的吆喝一声"来了！"就一手拎着长嘴铜壶，一手托着一摞茶碗走来，眨眼间就在每个人面前摆好茶碗，然后卖弄地摆个"白鹤亮翅"的式口，那铜壶的嘴子随即来个"凤凰三点头"，就一高一低地点斟出开水来。大兵们十分惊喜，看得瞪圆了双眼。这就有好事的三四个年轻人走过去，向他们介绍四川盖碗茶的掺茶茶艺和喝法。双方比比画画，你来我往，终是不得要领。这时就有人提议：赶快去找徐和尚来翻译！

过了一会儿，绰号徐和尚的人果真被一个腿快的孩子找来了。他名叫徐叔文，50来岁，复旦大学毕业，精通英语，人很和善，却是终身不娶。他未留胡须，戴着近视眼镜，一根两尺长的烟杆不离手。他爱穿海昌蓝的长衫，头戴一顶十分另类的黑帽——类似于西方的传教士帽，帽后的黑布一直要搭到背心。徐叔文一到，先用英语来一句问好，之后，为自己也要了碗茉莉花茶，极绅士地为美国友人边讲解边做示范。大兵们连声叫"Thank you（谢谢）"，兴致勃勃地学起了四川人品盖碗茶的种种动作来。这时候，旁边看热闹的人愈来愈多了。其中一个美国兵学着徐叔文的样，抓起茶盖子推了推茶汤，然后把茶盖子扣上，端起茶碗就喝了一大口，烫得赶紧将茶水又吐了出来，张着嘴直是哈气。把他的战友和围观的人都逗笑了。徐叔文连说"No！No！"他边说边拈起自己那碗茶的茶盖，把香气氤氲的碧绿的茶汤轻轻推了推，之后将茶盖斜扣在茶碗上，端起茶碗微笑着小啜了一口。他说，这叫品，不是牛饮。他的时而中文时而英文的说辞，又把所有人逗得哈哈大笑。

徐叔文这时把手伸进海昌蓝的长衫，掏出一个铁皮烟盒打开，烟盒里躺着一溜裹好的咖啡色的叶子烟卷。美国大兵一见就说："Ciger（雪茄）。"徐叔文用英文说，不，这是本地特产，叫叶子烟。他边说边把烟

卷裁进铜烟斗里，一个阔嘴的大兵赶紧掏出打火机帮他点燃。等徐叔文衔着烟嘴儿吧嗒了两口，舒舒服服地喷出一团烟来时，阔嘴大兵要过烟杆要自己抽两口，他叼着烟嘴儿使劲一抽，立刻呛得咳嗽起来，又把周围的人逗得哈哈大笑。

美国人来了，徐叔文学的英语终于有了用武之地。徐叔文对街坊说，幸好他还熟悉英语，不然就丢中国人的脸了。他甚至觉得，他的英文就是为这帮新津机场的老外学的。在金华镇的地界上曾经发生过两起B-29飞机的坠毁（岳店子王爷庙背后及牧马山狗脚湾），为了中美双方处理善后事宜人员的及时沟通，被请到现场的徐叔文，脸上挂着满足的微笑跑上跑下，忙忙碌碌而毫无怨言。

有的小伙子跟美国大兵要东西，见对方感到茫然，立即满脸堆笑，将右手拇指一比："密斯头儿顶好！"大兵们这时就会掏出烟或糖果请他们享用。他们有时还把带的纪念章之类的小礼品赠给陪他们玩的当地人。

小伙子们跟美国大兵混熟后，就变着法儿逗他们开心。这时的岳店子有三座碉堡，分布在场中和场头、场尾，那是1935年当局为抵御红四方面军可能东进成都而赶建的。高耸的碉堡有三层楼高，砖木结构，外层砖砌，内层是木制楼道楼梯，顶子其实就是盖瓦的房顶，虽然外形滑稽，难耐炮火轰击，却便于登高望远。大兵们随着好事的小伙子爬上顶层，从四方的枪眼望出去，兴奋不已，忽然发现近处岷江边的滩头有水鸟游弋，立刻端起卡宾枪就开火。

万年台后的岷江码头，也是大兵们常去的地方。这里，大江东去，视野开阔，绿野平林，烟水清远。大兵们可能受到这里风光的感染，常常伫立在江边发呆。只要发现江边泊着空船，他们总要跳上船，扯起插船的青冈杠子，笨手笨脚地撑起篙竿，想把船撑到对岸的河坝去玩。此时，从街上赶回来的船老大多半会惊叫着跳上船，边赔笑脸边夺过篙竿自己撑。他宁愿自己受累，撑船让美国人免费游江，也不敢任其游玩，因为他生怕这些高鼻子不慎掉进江中淹死，自己吃罪不起。

美国大兵成了岳店子一日不可或缺的风景。居住在牧马山上的那些远远近近的山民们，为了看这道千年等一回的洋"西湖景"，每天都有人专门下山来，或远或近地围观这些高鼻深目的洋人，他们需要在岳店子买吃买喝，这不仅促进了当地的繁荣，连他们自己也因此成了每日的风景。

3. 在糖水沸腾的车灌坝

1944 年深秋的一天，有几个美国大兵闲暇无事，在新津县城里闲逛，这一逛就出了西门城门洞，沿着古老的城墙根，来到了王爷庙山门前的西门渡口。

大兵们站在渡口码头的台阶上，朝河对岸放眼一望，立刻被眼前的美丽风光吸引了。脚下是一江宽阔的活水，水边是一抹逶迤的青山，颇具诗情画意。这江是岷江的支流之一，名叫南河；河对岸那一抹青山名叫天社山麓，那山脚下有一片狭长的河坝，从当今称为梨花溪的入口鱼翅孔直到县城对面的南岸，大约有近 8 平方公里的地方，眼看南河水从脚下白白地流过，要用水却必须架起龙骨水车来抽，所以老地名叫车灌坝。20 世纪 70 年代以前，这里是新津县最大的甘蔗产地，所出产的车灌坝黄糖（红糖）是四川省的名牌。用它做的汤圆心子，煮好后用筷子一夹，酽酽的糖心不流；而别的黄糖做的糖心，会像清水一样乱流。车灌坝黄糖比别处产的黄糖每斤要多卖两角钱。

时令虽是深秋，车灌坝的甘蔗林却还是一望无际的青纱帐，蓬蓬勃

勃，郁郁葱葱，映着悠悠流淌的南河水，还有含黛的远山，河上咿咿呀呀摆渡的木船，那简直就是一幅水墨丹青了。

大兵们好不兴奋，眼前幽静的风光分明就像东方的香格里拉（世外桃源）啊！他们不约而同地迈下石阶，上了摆渡的篾篷木船。船夫是见过世面的，一看来了几个美国盟友，立刻笑容可掬地招呼道："密斯头儿顶好！"几个美国大兵立刻用生硬的本地话热烈地回应："顶好顶好！"并且又是敬烟，又是递糖果的。

车水的美国兵

渡船犁开蓝幽幽的水面驶向对岸，船夫手里的篙竿落水时，那铁篙头撞击河底的石头，发出悦耳的叮咚声。大兵们感觉十分惬意，兴奋地东张西望。不久，木船靠岸，大兵们踩着伸进水里的木头踏板上了岸。人一上岸，就钻进了茂密的甘蔗林。此时的甘蔗品种叫芦蔗，足足有4米多高。连绵不断、密不透风的甘蔗林就像是迷宫，人一走进去，低头不见路，抬头不见天，只有乡间小路在其间盘绕。别说是陌生人了，就是从外地嫁过来好多年的女人，一旦外出赶集回来，也往往东碰西碰老是找不到自己的家。这几个美国大兵先是很兴奋，感觉这么钻迷宫似的甘蔗林倒很刺激，但不久就迷了路，等他们转来转去老是找不到出口时，就有点沉不住气了。

这时，前面不远处，传来一阵嘁嘁喳喳的声音，大兵们一惊，立刻蹑手蹑脚地上前察看。沿着蔗林中拐了弯的小路，他们来到了一片开阔地。这里之所以开阔，是因为地里躺满了砍倒的甘蔗。有人正仰脸把4米多高的一根根甘蔗拉弯，用右手剥去蔗秆上硬而有毛的叶子，蔗秆包壳里冰凉的积水就顺着手臂直流，那些剥叶子的人手上都是一道道的伤痕，弄得一个个眉头紧皱。有人正用叉子把甘蔗叶子堆成一堆。

最让大兵们开眼界的，是从那边的蔗林中忽然钻出了十几个"全副武装"的壮汉。这些壮汉每个人都有3种工具——身背一个枸杈，枸杈上叉了一把短柄挖锄，腰上还别了一把弯刀，模样十分神气。大兵们当然不会知道，川西糖坊一旦开稿（开始榨糖），糖坊里的工人是分成3班轮流倒班的。这些壮汉叫青山丈，俗称刀班，就是专门负责砍甘蔗的，有16个人，其中包括一个牛毛匠。牛毛匠是担"牛毛"的，专门负责砍甘蔗上的毛叶，刀班匠把颠子削下，牛毛匠就去把颠子捆起来，将砍下的叶子和嫩颠担到糖坊里去喂牛。还有一个是种子匠，等地里的甘蔗运完后，种子匠就去把种子（砍下的甘蔗颠子）窖好。

刀班匠对付削了颠子还立在地里的甘蔗秆，其实不是砍，而是挖。十几个刀班匠一赶到主人家的地头，将背上背的枸杈往地上一放，二

话不说，从腰杆上抽出锋利的弯刀，先将一根根蔗秆扳弯，唰唰唰地将其"斩首"（削下颠子）。等牛毛匠去捆颠子的时候，他们取下叉在杩杈上的那把4尺长的短柄锄头，对准甘蔗老兜，一锄下去，连根带泥就是一根。把连根挖起的一根根甘蔗蓬起来，刀班匠左一刀，右一刀，唰、唰、唰，最多3刀，就把蔗秆剥干净了。他们剥一堆甘蔗就马上捆一堆，每捆少说也有120斤重。捆好甘蔗之后，最后是搬运，这就要用杩杈了。杩杈是取自树木的两根Y形树棒，将上端的一对杈对蓬，用青篾扭紧，整个杈的中间再绑一条扁担，脚下是3尺左右的两根"脚杆"，"脚杆"的长短要根据各人的身高灵活调节。一捆捆的甘蔗本来就横担在一条条地沟上，将杩杈倒叉在一捆甘蔗上，再将杩杈左右两头的重量挪平衡，之后，连杈带蔗抬起，担在肩上，左右手分别抓住两根"脚杆"，挑起就开跑。这些勤快壮实的刀班汉子，挑起甘蔗从来都是过跑的。

大兵中有个身高一米九几的巨人，见这些汉子干得欢，忽然来了兴趣，几步走到正要将杩杈上肩的一名不高的壮汉面前，连说带比画，要求帮他担。壮汉憨厚地笑着，直是点头。巨人弯下腰杆，将扁担上肩，并学旁边人的样子，将扁担两头挪平，之后挑起一捆甘蔗就开跑。岂料他牛高马大，那3尺左右的两根"脚杆"只打齐他的腰杆，他奔跑的模样十分滑稽，将包括他同伴在内的所有人逗得哈哈大笑。他本人边笑边跟着前面的壮汉跑，他的同伴也只好随着他跑去。

这一跑就跑到了正在熬糖的糖坊。还没到糖坊，大兵们就明显感到空气里弥漫着香甜的糖味了。糖坊这边又是另一番景象。前面不远就是一溜青砖瓦顶的糖坊了。糖坊外，搭了一座极显眼的、类似于马戏团演出的椭圆棚子，它以木料为柱，以篾簟为顶，直径有30多米。这个棚子用以防雨雪，遮盖的是榨甘蔗水的稿盘。

糖坊图（陈仲祥　绘）

稿盘其实就是以牛为动力的土榨糖机。它有两个直径 1 米多高竖立的石磙，被固定在天盘和地盘里。天盘和地盘一上一下，都是用耐腐蚀、性硬的一段整木凿成的。两个石磙上都有一圈揳进石磙里的木齿，这叫牙头，两个磙子牙头的间隙相互啮合，类似于齿轮。两个磙子有公、母之分，直接被牛力带动的称公磙子，由公磙子的牙头带转的称母滚子。公磙子连接在一个叫作"偏辕"的弯轴上，弯轴又连接在套牛的一条横杠上。将 2 至 3 条水牛枷上一吆喝，水牛一发力走动，就带动公磙子，公磙子即同时通过牙头带动母磙子。公、母磙子相向旋转产生向心合力，匠人往里面塞的甘蔗，可以轻易地被旋进石磙。

巨人挑着甘蔗跑来，学着跑在他前面的刀班匠的样子，下了枊杈上的那捆甘蔗。枊杈的主人忙上前接过枊杈，向巨人道过谢后，挑着那劳什子返身转去了。这时，巨人就听见身后一声惊叫，"哇！快看！"他忙转身一看，原来他的几个战友已经到了，正在围着稿盘看热闹。那发

出惊叫的是来自田纳西州的一个大兵，我们姑且叫他约翰。巨人知道约翰的故乡是甘蔗产地。只听约翰在说："我故乡每年都榨糖，还从来都没见过这种原始的榨汁机呢！"

榨甘蔗水首先是破筒子。这时，被枷好的3条水牛正围住石磙在转着圈，过稿匠正忙着把甘蔗一抱一抱地塞进石磙，只听蔗秆发出一片"噗噗噗噗"之声，蔗秆很快就被挤压过去了，榨出来的甘蔗水通过河沟源源不断地流向糖坊。原来稿盘的周围都安有名叫河沟的水道，这水道是用整块的石头凿成的。约翰对水道非常好奇，就有意进行观察。他发现，水道在送稿匠面前拐向了前边的两个整块石头凿成的过滤池（当地人叫沙湾），这过滤池只方桌面大小。从稿盘流下来的、原本带着渣滓和泥沙的甘蔗水，经过两个沙湾的过滤，就变得较为干净了。约翰绕过过滤池，发现过滤后的甘蔗水流进了糖坊。他忙走进糖坊一看，甘蔗水流向了两个并排挨着的囤积甘蔗水的大坑（当地人叫地簧），这大坑宽、深各约2.5米。两个大坑的上面支着一个三杈架，架子上放着一个口径约1.5米的大木盆（当地人叫天盆），一个匠人正用一种舀水的工具（当地人叫大笪笪）舀着甘蔗水。他将天盆盛满后，将盆里的楔头一扯开，甘蔗水就沿着渡槽流向第一口位置较低的锅。

约翰忙转身跑出糖房，对他的战友们说，他不明白中国人干吗这么费事，输送甘蔗水不用钢铁的管道，偏偏要用整块的石头凿成。巨人就答话说，中国不是我们国家，哪来的钢管哦？之后，约翰学着那个过稿匠的样子，抱起一抱甘蔗塞进石磙，蔗秆果真很顺利地就被挤压了过去。他转身回到战友们身边，说："中国人真聪明，用石磙、用牛力，就代替了电动榨糖机！"不料他的战友们却指着他的鞋子哈哈大笑，他低头一看，原来他的高帮作战靴不知何时踩了一脚的牛屎。约翰故意捏着鼻子，夸张地又跺又跳。这一来，把过稿匠也逗笑了，他连比带画地说："密斯头儿，在糖坊头干活，称为'五牛奔尸'，是光脚板穿草鞋，牛屎里面踩，活路恼火（劳累辛苦）哦！"

牛力榨蔗机

大兵们看看地上的牛屎，又瞟瞟他冻得通红、穿草鞋的赤脚，大体明白了他的意思之后，叽里咕噜地说了一些同情他的话。过稿匠心领神会地点点头，又转身忙碌去了。约翰见旁边堆着一大堆喂牛的甘蔗叶子，忙跑了过去，伸出靴子，在甘蔗叶上又是拭又是擦，才好歹将牛屎清除掉。

几个美国大兵兴致勃勃地走进了糖坊。糖坊里，监糖师、泡泡匠、二泡匠、烧火匠正忙着各司其职。整个糖坊蒸气氤氲，甜味四溢。每口锅底都烧着熊熊大火，每口锅里的糖水都在沸腾。大兵们惊喜地东张西望。约翰说，他发现放 4 盆甘蔗水就能熬 1 锅糖，并且熬糖锅总共有 8 口，是从低到高斜向排列的。大兵们看见，第一口锅刚一放进甘蔗水，就加热在熬了，渣滓泡子刚一冒起来，打泡匠就赶快将泡子打掉。又见二泡匠正将糖水翻到第二口锅里囤积（这锅叫炖水锅），这是两口锅

相连、锅的四方镶嵌了板子的锅，少说可盛 1 吨糖水。第三口锅叫二水锅，专为它前面的出糖锅储备糖水，如果发现某口出糖锅里面糖的分量不够，就舀炖水锅里的糖水将它加足。第 4 口锅起就是出糖锅了，是专门熬糖水的，总共排列着 4 口。

熬糖的火候全凭监糖师把握。监糖师全凭自己的经验，不但要时时注意锅里糖水的酽度，还要不时以食指蘸上一点糖来，用嘴一吹，然后靠拇指和食指尖的摩挲来感觉糖的老嫩度。滚开的糖水至少有 100 多度，熬完一季糖，监糖师的手指头都要脱一层皮。可是大兵中的巨人不知厉害，他觉得监糖师以食指蘸热糖汁的动作既潇洒又权威，就情不自禁地伸手那么一蘸，烫得他立即"哇"地尖叫起来，他忙不迭地对着右手食指拼命吹气，糖坊里的中、美众人被他逗得开怀大笑。

红糖该成型了。这就看见工匠将起锅的酽糖水舀在一只大木桶里，再转倒进糖盆，不断以瓢搅动，又扯去糖盆里的楔头，将搅冷的糖水漏到抱桶里。抱桶较小，形如当地人蒸饭的甑子，可装 100 斤左右。匠人再将抱桶里的糖水倒进一口口衬了一层草纸的木制匣子，冷却凝固后，就成了方便运输的方块形黄（红）糖了。那位面相和善的监糖师，还专门用铁橇撬了几块刚成型的红糖，请几位美国大兵尝尝新。大兵们也不推辞，接过新鲜的红糖块儿就往嘴里送，边津津有味地咀嚼，边大叫："哇！好吃好吃！密斯脱儿顶好！"乐得糖坊里的众工匠眉开眼笑。

4. 65 年前的记忆

1944 年吉奥纳娜·比斯塔吉奥·科卢奇是一位 25 岁的母亲，她说，美国人的一切都是"奇异的，不可思议的。美国人的到来，带来一场欢乐的庆祝。红十字会来了。孩子们床上有了床单，他们还有了衣服。美

国人还带来了医药"。她回忆起德国人逃走、美国人进来之前的那天，一群意大利士兵，是从军队逃出来没带武器的当地男孩，出现在切里尼奥拉。德国人把他们全都杀死，尸体挂在一个罗马时代的谷仓上。现在，切里尼奥拉的墓地里有一个这群男孩的纪念馆。许多当地人为这一暴行永远不能原谅德国人。但是，科卢奇说："我们对美国人有着美好的记忆。"

——摘自史蒂芬·安布罗斯《空军战士》

意大利东部小城切里尼奥拉的人说他们"对美国人有着美好的记忆"，我在新津机场周边的林盘采访，从我不厌其烦的询问中，我得出了跟切里尼奥拉人相同的结论：我们朴实得如泥土的新津的父老乡亲，一谈起当年的美国人，保存的几乎都是美好的记忆。

1944年6岁多的刘思俊，还清楚地记得两件事。他的老家离杨柳河徐家渡不远，房屋背后就是牧马山起伏的山坡，那时山上的密林古木参天，一棵棵一两人合抱粗细的青冈树（又名橡树）长得郁郁葱葱。这个风景如画的小山村也是美国大兵喜欢来玩的地方，他们三五成群，挎着卡宾枪，除了喜欢端起枪打打飞鸟，就是跑到山坡上，躺在软绵绵的草地上四仰八叉地晒太阳、喝酒。他们的军裤有好多口袋，口袋里装着马口铁的易拉啤酒罐和糖果。他们一来，当地的孩子就要围上去看热闹，有胆大的叫声"密斯脱儿顶好"就会得到奖励的糖果，其他的小孩见了，也学着乱叫一气，结果每个人都能拿到糖。刘思俊说他当年就吃过美国人给的巧克力，不过那时当地人并不知道这种味道鲜美的糖叫巧克力，认为它颜色像牛屎，又带点脚屎巴儿的臭香味儿，就给它取名为"脚糖"。

一位家住机场边上的老人告诉我，他当年八九岁，人称小人精。小

伙伴们都说美国人的糖很好吃，只消叫声"密斯脱儿（先生）顶好"，就能要到糖。那天他抱着一只可爱的奶狗，迎面碰到一位美国军官。他瞅见那军官友好地望着他和奶狗儿微笑，就灵机一动，乍着胆子走上前，边傻笑着叫声"密斯脱儿顶好"，边双手把花花举着抱给对方。就见军官惊喜地一笑，眨眼间，一把花花绿绿的糖果果真变戏法般地递到他眼前。他急于腾出手来接糖，就忙把花花朝对方一塞。他从没吃过洋糖果，却听小伙伴说过那种牛屎颜色的脚糖特别好吃，就迫不及待地剥开一颗，一见正好是发黏的牛屎色，忙张嘴含了品味。那军官没想到迎面的中国小孩会送他一只小狗儿，喜滋滋地爱抚了一会儿，就把它放到地上。小人精哪里会舍得以狗换糖呢？一见落地的花花在扭头瞅他，忙叫了一声"花花"，之后转身撒腿就跑，花花就屁颠屁颠地奋起直追。安东尼只好遗憾地耸耸肩，转身离开了。

刘思俊的老家离新津机场的直线距离不过 2000 米，他和一帮小伙伴最爱站在山坡上遥望机场。那会儿的空气透明，能见度极高，小家伙们的目力又好，他们可以把偌大的机场一览无余，可以清楚地看到五津镇的那棵古榕树。他说：当时机场里停满了大大小小的飞机，三个头的，五个头的，单翅膀的教练机，总的感觉是一望无涯。他说，有一回，他和一群比他大的男孩赶了三四里路，跑到毛家渡边的 4 所玩。尽管他是刘家的独子，人长得英俊，却仍穿得破破烂烂，由于一家人合洗一张烂毛巾，他每年一到夏天都要长火巴眼（红眼病），一直到秋凉以后才能自愈。他们刚到 4 所门口，只见一辆小吉普从机场方向开来，赶紧躲闪。谁知小吉普却停在他面前，随即跳下来一个美国人，一把将他抱起，挟在右腋下就往 4 所里走。小思俊吓坏了，惊恐地又哭又闹。小伙伴们见他被美国人抱走，吓得作鸟兽散，一溜烟地跑回刘家报信去了。当时，民间不知怎么流传着一个令人恐怖的传说，说是美国人把中国的娃儿弄去熬油开飞机。正当小思俊的父母惊慌失措时，他却居然屁颠屁颠地跑回家了。原来美国人把他抱进4所，仅仅是给他点了点儿眼药水，那清亮水般的液体一滴进他的眼睛，他感到的是一种从未有过的舒服和清爽。也许是从未用过药的原因吧，第二天，他的火巴眼竟然完全好了。

1944年17岁、家住蔡湾村的王绍军老人告诉我：那时农村的卫生条件很差，一到夏天，臭虫、跳蚤、蚊子很猖獗。这时，美国人就会穿着白大褂，背着手摇喷雾器到林盘里来打药。这些打药的人都很友好，你叫他打哪里，他就会打哪里；哪怕你揭开席子，叫他在你坝的床草上打点药，他也会照办的。

1944年23岁、家住毛家渡的雷焕文告诉我：柳溪小学的背后靠近杨柳河的地方，原来是机场的发报台，那个发报台离机场二三里远，旁边有条公路直通美军第一招待所。我家在发报台附近有一坝田，我经常去那边种庄稼，因此跟美国人的接触比较多。我去放水，只要遇到美国人开车回招待所，我把手一招，他们就会停下车来搭我；放水转来，碰见有美国人的汽车经过，他们也会搭我。相比之下，暂2师的丘八就很凶，我晚上去机场边上放水，哨兵会大声喝问："干啥子的？""砰"地就放上一枪，把你吓安逸。在发报台的美国人都跟我比较面熟，我们爱在一起耍。其中有个金黄头发的上士，有20多岁，美国人叫他"小钢炮"的，特别跟我友好。我每次去做田，"小钢炮"都要走过来陪我聊一会儿，当然是用手势比画。有一回，我走进发报台找"小钢炮"耍，他正在摆弄卡宾枪，我叫他让我打一枪。他盯着我笑了，然后指着竖在外面的那些天线网跟我比画，叫我不要对着它们。我拍拍他的肩膀，叫他尽管放心。我接过枪，很小心地朝天打了一火，那是平生第一次打枪，很过瘾。

有一回，我带我 3 岁的儿子去薅秧子，等我薅了一厢秧子转来，却发现儿子不见了，我心里正着急时，一个美国人把我儿子从发报台里抱了出来。原来，他把我儿子抱进去玩了，还在他围腰的口袋里装满了糖。他很喜欢我的儿子，舍不得还给我。他边比画边问："How money（多少钱）？"想让我把儿子卖给他。我只有这么一个心肝宝贝，我当然没干。

美国人给我照过好几张相，有他们和我一起照的，也有为我和儿子单独照的，他们还专门照过我薅秧子哩。经过 60 多年的风风雨雨，可惜这些照片一张都不存在了。

在新津街头的美国兵

在美国大兵驻扎新津机场的日子里，还有另外一种现象值得一提。

当时，有一群失去亲人无家可归的小叫花子在五津镇讨饭，大的十二三岁，小的不过七八岁。接受我采访的几位老人都说，至少有两三个七八岁长得逗人爱的小男孩被美国大兵领走了。他们被领时一身褴褛邋遢，等人们再见到时，发现他们完全变成了"洋娃娃"：脚蹬小皮鞋，打着小领带，身穿合体的小西服（那是用大人的衣服改制的），头发梳得溜光。他们被大兵们带着，坐在吉普车上兜风，样子挺神气。这几个孩子最后都被美国人领养并带回国了。

家住老五津镇的唐恩德，是当地唯一一个曾经被美国军官领养过的人。唐恩德的家里很穷，1944年十二三岁的他却长得富富态态，人见人爱。当时，机场东侧的江庙子旁边，是美军的电话通信站。通信站的一位长官看上了小唐，他征得小唐父母的同意，把他接到通信站里去养了起来。美军长官拿出自己的军装，专门请人为小唐做了改制，小唐头戴船形帽，身穿合体的小军装，脚蹬翻毛军靴，活脱脱地被打扮成一个可爱的小美国兵。小唐过了几个月丰衣足食的幸福生活。这时，该美军长官服役的期限满了，他想把亲儿子般的小唐带回美国去，但小唐的父母反悔了，死活不答应，最后，这位美国洋爸爸只好与小唐洒泪而别。

5. 五津镇从寂寞到繁华

金马河畔的旧县（老五津镇）渡口，虽是通往川南和西藏的交通要道，但在抗战以前，这里只是在那棵古榕树的两边和附近有几户人家，并未形成场镇。1939年和1944年两次大规模扩建机场，许多原来住在机场扩建范围里的农家，按政府的要求自己拆迁，把新家修到了场镇上的街面两边，才逐渐形成了紧靠机场西南一角、长达一里多的街道，至2009年七八月时仍旧貌依旧。当时，旧县有300多户人家，1000多人口。

第二次扩建机场时，一边是 20 来万民工在新津机场周边乡下安营扎寨，一边是中央银行、中国银行、交通银行、农民银行、四川省银行等 10 来家金融机构闻风而动，迅速跟进。这儿绝对不可能有什么气派的洋楼，一家家财大气粗的银行也只好入乡随俗，租下刚搬迁定居的老式民居的铺子，开起了银行，银行里的白领丽人每天得像旁边苍蝇馆子的伙计一样，要先取下铺板才能开门营业。当时不仅有许多个县，许多商家，还有许多承包商参与修机场，经济往来极多极复杂，各种银行于是应运而"跟"。

新津机场建成后，难以计数的各种各样的战略物资，通过驼峰航线源源不断地运来，新津机场周边有许多库房，机场里有许多的汽车。成都的小偷窃贼也纷纷云集五津镇，看准机会就下手盗窃，有时连枪支弹药、汽车、汽油都要失踪。据分析，某些大的盗窃案，应该是内外勾结联手作的案。

侯少煊、熊倬云写的文史资料披露：设于机场东南角的美军第 4 招待所，濒临岷江北岸，河水湍急，因此暂编 2 师在此部署的岗哨较少。1945 年初，机场曾发生大宗汽油被盗事件，机场于是加强警卫，沿河也增加了岗哨。3 月中旬某日中午，有民船顺流而下，因底板脱落，泊岸修理，美宪兵趋至，认为有盗汽油嫌疑，不问情由，即开枪射击，船上老百姓当即被误毙 1 人，误伤 2 人。后来查明，窃贼乃美军汽油管理员康恩少尉，他串通航委会人员，勾结油商，盗卖库存汽油 8000 多加仑（约 160 大桶）。

当时，五津镇有赌场和大烟馆数家，卖吃喝的馆子一家挨一家。除了专供美国大兵进行高消费的东方鹤园酒吧外，还有一家外省人开的"六六大顺"酒馆也很驰名，店里有道菜名"霸王别姬"（鳖炖鸡），3个大洋一份。须知，当时 1 个大洋就可养 1 个女人 1 个月，一个上士机械士的月薪才 7 个大洋。当时五津镇的繁华由此可见一斑。

1949 年底，五津镇更是出现了空前绝后的"繁华"，国民政府一路溃退，堂堂总统府、行政院、立法院、国防部的招牌竟然挂在这个只有一条独街的小镇上。彭绍鑫老人的家原来在今飞行学院大门左侧的机场边，他告诉我，他家就曾做过总统府，好些其他街坊的家也做过国民政府中央一级的衙门。能否被当作暂时的中央衙门，并非特意选择的，而是随机的结果，类似于瞎猫碰到了死老鼠。因为那时镇上的民房早就驻满了胡宗南的部队，人满为患，即便是中央一级的衙门也号不到自己满意的房子。比如彭绍鑫老人的门口就曾贴过"总统府"的招牌，那是在白纸上写的墨笔字，一家家的民房门口就贴着这样的用白纸书写的"吊牌"，这些贴得并不牢固的纸页在萧索的寒风中瑟瑟发抖，那景象简直和一幅幅的挽联差不多。但那些人在民房门口贴"挽联"并不是自己肇自己的皮（拿自己开涮），而是为了方便联系。

老人的家临街是两间瓦房，瓦房边上是有大门进出的过道，院子里有个地坝，正房却是一通草房。1949 年 12 月的一天，总统府的一位身着美式军服的官员，带着老婆、一个七八岁的女儿和大包小包的行李，住进了彭家。彭家本来就驻扎了 20 多个胡宗南的兵，官员一家 3 口头天晚上只好将就栖身屋檐下。官员见 25 岁的彭绍鑫为人忠厚，就动员彭把彭夫妇住的堂屋让给他住，并许诺每天付一个大洋的租金。彭绍鑫以成全落难之人的善心，劝导妻子腾了房，官员一家子这才好歹有了落脚之所。官员的现大洋用光了，又当着彭打开一个手提包，解开黑绸包布，露出许多金条来，他拿出一根，叫彭帮他去换大洋。当时，五津镇有家馆子的老板在做换金条的生意，本来一根金条可以换 12 块大洋，他却只给 10 块，弄得彭绍鑫很为难，但那官员相信了他。

当时，许许多多想去台湾的人好不容易才弄到一张飞机票，必须在

新津机场登机飞往台湾，这些人住满了镇上所有的空房。大冷的天，许多候机者只好冒着寒风在街头的屋檐下露宿，花1个大洋租上1块窄窄的铺板，放在地上当床，要想睡舒服一点就得多花大洋，即便夫妻双双也都只能这样将就睡阶沿了。登机时，把守的丘八拎一拎超重的行李，铁着脸问：上人还是上包？人是登机走了，有多少行李却被迫抛弃了，机场上各种箱、包一时堆积如山。

官员在彭家住了5夜，知道上飞机要严格限制行李，临走时，就把一口皮箱送给了老人。皮箱里面有两件一厚一薄的崭新黄呢军大衣，一件柠檬黄的女式开襟毛衣，一件紫红的华丽旗袍。经历了60年的风雨，这口老皮箱依然完好。当然，这是后话了。

当年，即便是享誉世界的大画家张大千，在新津机场也差点没登成机。那是1949年12月9日，有一架直飞台湾的运输机即将起飞，这是当局撤离大陆的最后一批飞机之一，飞机上有5个重要人物——行政院长阎锡山、副院长朱家骅、政务委员陈立夫、秘书长贾景德和教育部长杭立武。他们都带着全部家当，阎锡山还带着两大箱黄金。飞机起飞时，突然有一辆小轿车风驰电掣般地朝着飞机冲过来，从车上跳下了张大千，他带着78幅敦煌壁画的临摹本，请求登机同时撤离。但已经严重超载的飞机无论如何也装不下一个人和那些画了。身为负责把顶级国宝运往台湾的特使，一年多来殚精竭虑，已经成功运送了数千箱绝世文物的杭立武，自然深知张大千本人和那些敦煌摹本的价值，无奈之下，他只好将自己的3件行李撤下，其中的一个箱子里还装着他一生积蓄的20多两黄金。但杭立武给张大千提了一个条件，说人要讲良心，你必须答应把这78幅画捐给故宫博物院。张大千立即爽快地答应了。杭立武说口说无凭。当时也来不及找纸了，张大千掏出自己身上的一张名片，写下了自己的承诺。当天，这架飞机在台北松山机场顺利降落。其实，那 78 幅所谓的敦煌壁画摹本中，有 16 幅是张大千收藏的古画。后来，那 62 幅敦煌壁画摹本在借到印度、巴西等国展览之后的 1965 年，张大千果真兑现了自己的承诺，将其悉数捐给了台北故宫博物院。

6. 美国货涌入川西

美国陆军航空部队进驻川西，在让人们见识了以巨量物资作后勤保障的美国人打仗方式的同时，大量的美国商品也经由菲律宾马尼拉、印度加尔各答、中国昆明，源源不断地涌入成都。这些美国商品搭乘的是美国军用飞机，既逃了关税，也省了运费，做这种生意因此周转快、成本低、利润高。一时间，美军从一般士兵到高级军官，好些有生意头脑的人都跃跃欲试，心照不宣地去赚取这种近乎顺手牵羊的美金。于是，一批批的美国商品以各机场为转运地，以成都市区的安乐寺和正娱花园为总集散地，一些翻译人员也趁机扮演捐客的角色。在那些日子里，川西七大机场所在地和省会成都充斥着各种各样的美国商品。有各种食品，如奶粉、糖果、饼干、鳗鱼、猪肉、咖啡、麦片、可可、香烟、白兰地、啤酒、罐头等；有各种生活用品，如袜子、皮鞋、烟盒、打火机、扑克、派克笔、军装、衬衣、领带、夹克、军毯、布毯、蚊帐等；还有各种化妆品、各种医药用品等等，林林总总，应有尽有。甚至枪支弹药、汽车、汽油也悄悄流入了市场。

1944 年，中国的抗日战争进入了第 7 个年头，这一年普通中国民众的生活极为困苦。驻扎在新津机场的美国大兵的物质生活却相对富裕。其中一项就是来自大洋彼岸的美国香烟。除了走私的大宗香烟外，一些大兵也把供应他们的香烟悄悄转手卖给当地人，以换取美金。当时，国内出产的只是"门门门""飞鹰""兰飞鹰"牌等低档卷烟，而且供不应

求。美国烟自低档到高档，分别是"骆驼""幸运""双金狮"牌，一条"双金狮"可卖 12 至 15 美金。当地人争相抢购美国烟，一时间，抽外烟开洋荤成了一种时髦。美国烟的畅销刺激了卷烟市场，新津机场成天有许多飞机往来于驼峰航线，且不说有人故意走私，哪怕美国大兵想夹带点香烟什么的其实很方便。美国香烟便通过各种渠道进入新津的街道烟铺。新津烟商见有利可图，专门跑到成都总府街安乐市场，用银圆兑换美金，直接从美国人手里买到卷烟后，再拿到成都去销售。烟商们于是趋之若鹜，贩卖美烟的商人愈来愈多，交易极为火爆。有确切资料表明，当时新津有 10 多家烟铺做此生意，每户每年要购进 15000 条之多。有本地花桥一李姓烟商，不到一年即赚到手 3000 美金，可买 10 万斤大米，成了本地"发国难财"的黑典型。成都市政府为打击愈演愈烈的走私，曾在南门红牌楼设卡没收外烟，让撞上霉头的烟商顿足捶胸。

第七章　坠机，在新津的大地

打仗就会死人，这是尽人皆知的常识，对于凡是走上战场的人，究竟是战死还是平安归来，没有谁能够提前做出预测。关于"二战"中美国陆军和陆军航空队的死亡率的比较，史蒂芬·安布罗斯在他所著的《空军战士》中，有一个比较权威的统计。他认为："陆军航空队的危险高于美国的地面部队。陆军航空队约占美国陆军的1/3，战场伤亡人数占全部陆军的1/9，当然绝大多数在英格兰的陆军航空队的军人，如机械师或指挥官和参谋军官还是相当安全的，特别是相对于蹲散兵坑的大兵来说。另外，陆军航空队参战的军官比例在陆军中比其他兵种高得多，这其中就有战斗机（轰炸机）飞行员，大约一半的飞行人员是军官，在战场上牺牲的陆军航空队的军官人数是其他兵种的两倍。在执行每次任务中，平均4%的轰炸机机组人员被打死或失踪。"

执行"马塔角行动计划"的美国陆军航空队的勇士们，几乎人人都年轻、热情、爱国，他们都急于执行战略轰炸任务的伟大冒险。对于他们来说，死神绝对是一直都躲在暗夜里狞笑。

对于B-29"超级空中堡垒"而言，一旦起飞就意味着危险的开始。我们不妨设想一下，这种自重60吨的庞然大物，装载着4吨航空燃油和9吨炸弹，不管是机械故障，还是人为操作失误，都可能带来始料未及的恶果，轻则退出飞行，无缘任务；重则机毁人亡，坠入万劫不复的深渊。在超长距离的飞行中，飞行员不仅要应付不可预测的天气变化，

把握好飞行的速度和高度，还得对油料的消耗做出精确的计算，否则一不留神就可能无法顺利返航。此外，接近"投弹轨迹"之后，还会遭遇日军的屠龙式战斗机玉石俱焚的疯狂攻击，机组人员不仅要躲避和击退敌方战斗机，而且还要成功地完成投弹任务。

在新津机场的周边乡下，曾发生过数起美军飞机坠毁的惨状。坠毁的飞机绝大多数是 B-29 重型轰炸机，以及 C-46、C-47 运输机、C-109燃料运输机。有时，是飞机刚刚起飞，发动机突然发生了故障，机上的飞行员还没回过神来，就一头撞向了大地；有时，是已经完成了轰炸任务胜利返航，却功亏一篑，在已经看到了跑道即将降落的时刻从天上摔了下来。这些美国大兵把自己的一腔青春热血永远洒在了新津的大地上。

"二战"期间，驻新津机场的美军飞机究竟有多少架坠毁？现在也是一笔糊涂账，粗略一算，起码不少于 25 架。不过不要紧，新津县档案馆有一笔骄人的历史资料，从清康熙时直到民国，尤其是民国时期档案资料之完备，在全国极为罕见，让档案专家和历史学家叹为观止。从目前大海捞针般已清理出的少量"二战"时的档案来看，几架美军飞机坠毁情况和受灾民众领恤花名册等都记载得很清楚。据说，该馆对浩如烟海的档案资料的清理目前已到了 1927 年度。随着民国时期档案的最终清理上架，新津机场美军飞机坠毁的具体情况必将大白于天下。

1. 1944，历史档案的坠机记录

从已经捞出的部分历史档案，我们来看看 1944 年的 8 次坠机。

1944 年 6 月 18 日凌晨 4 时，"美机一架坠落于中兴乡第七甲甲长刘洪兴及邻居陈大兴二户院内，二户阖家大小以及房屋器具等俱已焚毁无

存。现刘洪发仅留有一妹杨刘氏，陈姓亦仅留陈发祥、陈海峰二人，但刻下二姓之安厝费均束手无策。似此情形，观者无不伤心，闻者谁不流泪？为此，具呈钧所转请上峰抚恤，以慰幽魂。"（中兴乡乡长徐仁烈报称）

关于此次坠机，时任新津县二区指导员的李正俊于现场查勘后，于7月12日向县长赵宗炜签呈：

窃职尊令查勘中兴乡十一保第七甲居民刘洪兴、陈大兴为美机坠落焚毁全家生命财物一案，于七月十日前往该乡，偕同乡长徐仁烈及保甲长亲赴刘、陈居地，详细考察，各方访问。查得美机一架，系于六月十八日半夜时，忽坠于刘、陈二户院中，即时汽油爆发，大火四起，两户人于朦胧中遁逃莫及，陈姓除陈发祥、陈海峰因在外工作，未受波及外，至该户老父、老母、妻子、儿女共计四口，及刘姓老幼男女共计五口，均被焚毙。两姓除生命无辜牺牲外，至家中所有米、麦、菜、籽及耕牛、肥猪、什物、器具，无不一概焚毁尽净。至其所焚毁各项数字，经职勘明，与所呈报数量单无不相符，且刘、陈二姓乃系乡中贫农，并无亲友可依，迄今尸首仍露于地，安葬诸费均成问题。凡见闻者，无不寒心。抚恤之事，如旱望雨。为此，理合呈复钧座俯赐鉴核！

1944年6月18日所坠毁的这架飞机，根据成都作家李肖伟先生在"巴蜀网"上提供的一份资料，我们得以知道了一点具体情况。这天坠毁的机型是C-109运输机（B-24派生的运输机），这是一种专门运输航空汽油的飞机，序号42-51962，坠毁地点中兴官家林，来自印度基地TEZGAON，坠毁原因至今不得而知，4名机组成员遇难。

42-5196号机组成员名单

职务　　　军衔　　姓名　　军号（为颈项上所戴"狗牌"号）

驾驶员　　上尉　　William H. Englander　0-473631

副驾驶　　少尉　　Gerald E. Purdy 0-709893

无线电员　士兵　　Jack M. Glore　　　　18162621

C／C　　士兵　　Don E. Jennings 37652249

1944年10月22日，一架经过改装、可以进行高空侦察拍照的B-29（F-13A），刚刚起飞就突然发生意外，坠毁在新津县花桥乡第十堡第一甲韦驮堂（今花桥镇长绍村4组）。该机机长穆勒（Willian H. Mueller）上尉，飞机序列号42-6288号，机组7名人员全部牺牲。村民吕海泉、雷子坦两家因此而家毁人亡。以下抄录吕、雷二人的呈状。

吕海泉请求县政府抚恤的呈文：

呈为惨罹无乞，人财两伤，再恩优恤，以维生活事情：民吕海泉，住花桥乡第十保一甲韦驮堂附近，因十月二十三日晨盟机失事，将民住房焚为瓦砾之场，计亡民子、孙、徒共5人，媳负重伤至今未愈，又焚毁谷、米、豆、麦数十石，猪、牛、器具损失共数百万，今至立身无地，生活无着，民之惨苦，殆不忍言。前虽详报损失，蒙恩临场勘视，暂给恤金用作埋葬之费。兹闻重发恤金数仅壹万余圆，但民全家数口胡以谋生？然数家损失，惟民独甚，蔼恩钧府甄别特殊情形，从优恤助，俾民得以谋生，衔感无暨。为此仅呈新津县政府钧鉴。

雷子坦请求县政府抚恤的呈文：

呈为涕泣呈情，俯恳垂悯，暂谋枝栖，聊申乌私事缘：民雷子坦，向住本县花桥乡第十保第一甲，屡世业农，安分度活，父子相承，历传多代。近因田房划作机场，民乃草拼数椽暂栖阖家老幼。讵于上月敌机来袭，阖家疏散田垄，而民妻李氏即被炸身亡。殊痛犹未定，突有国（盟）机失灵之祸竟致，房屋家具焚毁尽净，事出仓促，防避莫能，阖家数口几同灰烬。今则立身无地，佃屋无金。耄耋哀残之母则客居成家，幼弱无能之子女则借寓亲朋，兄弟失所，手足颠沛，昔日之家庭共序，斯时皆星散流离，伤心惨目致于此极。孰无眷属，胡忍辛闻？曷恩钧府俯垂怜悯，子以优恤，使谋枝栖，迎养老母，聊申乌私之意，以是涕泣呈情，伏乞轸念无妄，荷蒙恩沛衔结莫铭为此。谨呈新津县县长赵钧鉴。

1944 年 12 月 13 日凌晨 6 时许，一架编号为 484-440829 的 "B-21（按：B-24）运输机一架，未装何物，由此间起飞至中途，感气候恶劣不能前进，意欲飞返降落机场，殊至半途中机械失灵，无法控制，所有盟军先后在邓公场所属之陈壕儿附近跳伞降落，幸告无虞。其机自动飞行，由金华乡西南角方向低飞，竟将附场口之竹木拖断，树上挂有机尾一部分。因受创过巨，被阻转向东跌，机翼一部落于下场口街前坎下田中，机身坠入居户屋后土内，但将该乡下场口住户草房、瓦房撞倒多间，房屋坍塌，致死者男女五人，重伤一人，财产损失亦复不少。幸徐乡长介藩集合壮丁，抢救得力，遂未波及酿成重灾。"（新津县政府办公室李正俊、赵纯蒸签呈）

1944 年 12 月 25 日凌晨 3 时，"盟运输巨型机一架起飞时因机械失灵，坠于本县中兴乡，当将全场街房焚毁，共计三十五户，死亡盟友四人、住户二人、工人一名。"（新津县政府办公室熊德闻、李正俊、赵纯蒸签呈）

1944年12月31日凌晨4时，"盟机一架失灵，降落于本保报恩寺侧，当即焚毁。"（中兴乡第十二保保长刘俊签呈）

1944年12月31日凌晨5时许，一架序列号为42-65225的B-29，刚起飞就失灵，坠毁在邓双乡第一保第十甲喻塘坎。喻塘坎地处鸦雀嘴的半山上，50年代在此地建了一个鸦雀嘴水库（今名喻槽水库）。该机机长名叫汤马斯（Dorsey B. Thomas），有两名机组成员遇难。这是一架来自第444轰炸大队，执行照相侦察任务的B-29，改装型号称为F-13A。"查三十三年十二月三十一日五时许，有盟机B-29'超级空中堡垒'一架，由基地起飞盘旋空中，因机械发生故障，坠落于邓双乡第一保所属地，名鸦雀嘴之右侧半山中，机身全部焚毁，残骸满地，并有十七师部队在周围警卫。据云，机中盟友见飞行阻碍，即跳伞降地，随机死亡之盟友仅二名，旋被盟军派夫将尸抬去，当地住户并无损失，理合将查勘情形具文签请钧座鉴核。谨呈县长赵。"（新津县政府办公室赵纯蒸签呈）

从一份新津县县长赵宗炜在"新津县政府条笺"上作的美机失事造成的人财损失备忘录来看，1944年的9、10月还有另外两次飞机失事：9月一次，"两机互撞，焚烧民房七间"；10月一次，"堡垒炸台湾失事，造成4户彭姓农民死14人、伤3人，某姓死2人，郭姓伤5人"的惨剧。

李肖伟先生在"巴蜀网"上还提供了一份驻扎在新津机场的部分B-29飞机的坠毁记录。现在特意抄录于后，以飨读者。

部分在新津坠毁的B-29记录

日期	大队	中队	序列号	地点
1944-07-29	40	25	42-6351	新津某地（待查）
1944-10-17	40	395	42-6342	永商乡郭山崖

1944-10-22	40	25	42-6288	花桥乡韦驮堂
1944-11-03	40	25	42-6298	新津某地（待查）
1944-12-31	40	25	42-65225	新津邓双鸦雀嘴

当时的县政府是怎样对罹难的民众进行抚恤补偿的呢？我们从新津县县长赵宗炜的批示即可见一斑。赵县长用他那一手颇具功力的行书字批示道："关于盟机失事伤人毁屋，业经本县募集捐款，并由省政府汇款百万救济，省府抚恤死亡成年人数名（每人）1万元，幼孩6000；房屋分3等，重者3万，较重者2万，较小（者）1万。无地方募款（者），成人4000，幼孩2000，房屋不给，伤者酌给，死亡无后者只给烧埋。此之民政科办。"

表面看，这样的赔抚似也不算太低，但是请注意，以上的货币并非硬通货银圆，而是纸币——法币。中国此时的抗日战争自1937至1944年已历时7年，领土和有效统治人口大大紧缩，战费又居高不下，在扩大法币发行后（从1937年6月的14亿元至1944年12月的1894亿元），产生了恶性通货膨胀。如以1941年物价指数为100，则1944年12月为3220。据有关历史资料记载：1944年9月，四川米价最高达每市石4800元。一石米约合400斤，12元钱才能买1斤米，1名死亡成年人的抚恤金仅能买到833斤米。足见那时一个中国人生命之贱了。为了赶走日本侵略者，为了抗战早日胜利，即便是身处大后方的普通民众，闭门家中坐，却遭遇祸从天上来，他们也付出了多么惨重的牺牲啊！这也是我们中华民族为世界反法西斯战争做出的巨大民族牺牲的一个缩影。

美军在新津机场维修 B-29 轰炸机

2. 目击者的讲述：刻骨铭心 38 年的思念

从已经捞出的部分坠机档案来看，在新津中兴乡（今属花源镇）境内，至少发生过 4 次坠机事件。

2009 年 6 月 5 日午后，正是蓝天一碧如洗、烈日喷火的时候，我来到中兴乡的官家林（现属花源镇官林村）采访。据传，古时此地有个大林盘，林盘中有人出仕为官，故称"官家林"。民国年间的官家林，指的是建在老川藏路两边的有三四十户人家的一个小场镇，起初公路边上只有几间房子，1939 年第一次大修新津机场时，搬来十几户林姓人家，这里才形成了一个"过路场"般的小集市。民国时期，官家林是中兴乡乡公所所在地。这天，在路边的一个茶铺里，几个当地人正在打麻将，他们热情地向我推荐了据说是知情者的两个八九十岁的老人。等第一位老人在附近理完发过来，一摆谈，我就明白我找错了对象，他不善言语，记忆力较差，根本问不出什么有用的东西。对于这点，我早有思想准备，这是采访中常有的事，明知采访无法进行，可出于礼貌和对对方的尊重，我还得和他寒暄一番。

之后，我来到官家林东边约一里路的地方，寻访一位 95 岁的老翁夏尚万。对于夏尚万这个名字，我并不陌生。我曾翻阅过《中共新津县党史资料汇编》，我知道他是一位老革命、老党员，曾任我党领导的地下武工队队长。1948 年 10 月至 1949 年 12 月，在新津牧马山及邛崃永丰境内曾经活跃着一支我党领导的地下农民武装——中共新津地区武装工作队，为迎接解放，打击敌人，配合我军解放新津，解放后平定土匪叛乱，武工队做出了自己的贡献。到新津解放时，这支武装发展到 600

余人，各种武器 800 多件，党员 63 人。可惜我一直没有机会同夏老革命谋面。

在花源镇官林村二组，在高标准建成的牧山大道的西侧路边，我终于找到了夏老的家。在夏尚万住家的外墙上有一道特殊的文化风景线，这就是镶嵌在他家墙上的一块石碑，这是在黑色花岗石上镌刻的宋体字，涂了金色的铜粉，上面有这么一排文字："新津县武工队及党支部成立、联络地"。它象征着我党一段令人难忘的红色革命斗争的历史。

腿脚有点不太方便的夏老挂着拐杖慢慢走来，他身材高大，气色红润，皱纹不多的脸上连老年斑都不多见，头顶上有着寸把长的稀疏的银发，如果不是他极为和善的眼神蒙了一层翳子，那模样一点也不像是 95 岁的老人。我这辈子还从未有过跟如此高龄的老人对话的经历，我不免有点担心。谁知，老人的思路清晰，反应也比较快，只是记不清具体时间，中气也不那么足了。他力图把他当年所见所闻的事情给我描述清楚。

夏老告诉我，就在他家门外 100 多米远的地方，原先有一口五六亩大的很有名的大水塘，名叫夏塘坎，塘里的水清花亮色。那是冬天的一个凌晨，鸡还没有叫。一架运汽油的 5 个头的运输机，从东南方向夏塘坎附近的皂角林斜着冲过来，落地时陡然折断为两截，机身、机翼和机尾掉进夏塘坎旁边的那块长长的冬水田中，机头冲向 30 多米之外，将农民吕月廷的四合头房子冲垮后，停在他家门前的油菜田里，当场就压死了一条耕牛，这家人的一个女儿负了重伤，后来被送到成都的华西医院治好了。飞机一落地，立刻燃起熊熊大火，机舱里的油桶被相继引爆，一个个油桶就像炮弹爆炸一样"咚、咚、咚"地直冲云霄。当时，附近的村民在睡梦中被惊醒，听到"咚咚"的爆炸声都以为在打炮，都闹不清是怎么回事，不敢出门。第二天，天刚见亮，人们纷纷跑到现场看热闹，此时飞机一直在燃烧，一直烧到中午。等到飞机上的可燃物燃完之后，只见冬水田的水面上漂着一层黑色的浮油，整个机身、机翼和机尾竟然被烧得荡然无存。一大早，夏尚万在皂角林的那棵两人合抱的大皂角树下，找到了安全跳伞落地的 3 个美国人，他们不知身在何方，此时正惊魂未定地蜷缩在树下。夏尚万就跟他们比画，表示可以带他们出去。3 个美国人跟着他朝官家林方向的公路走，在半路上碰到了从机场赶来的美军救援人员。

　　从当天中午开始，一场打捞遗留物的战斗就在那块长冬水田里拉开了，无数的当地男人不顾大冷的天，不顾手脚冻得生疼，纷纷涉进冬水田里，弯着腰杆，双手伸进水底，在烂泥里来来回回地摸索。如果触摸到硬东西，就在水里涮一涮，拿出水一看，那多半是铝块或铁块。这场打捞东西的热情一直持续了五六天，每天都有 10 来个收荒匠在夏塘坎打转，就地收购冬水田里捞上来的金属块儿。运气最好的要数 3 个人，一个捞到了一把飞行员用的匕首，一个捞到的是把烧化了木把子的可耳提手枪，一个捞到了一只乌金箍子（戒指）。捞到乌金箍子的人名叫夏三（化名），夏尚万曾把箍子要来把玩过，这箍子乌溜溜沉甸甸的，上面还刻着英文，需要套在他的拇指上才不至于滑落，可见驾机的飞行员本人有多么高大了。从在皂角林发现的 3 个安然无恙的机组人员来判断，想必是在飞机即将坠毁的那一刻，作为机长的飞行员命令其他人赶紧跳伞，自己为了部下的安全而拼命想把飞机尽可能地多操纵一会儿，最后终于一头撞向大地。这打捞上来的三件东西分明是飞行员随身携带之物，可是人们自始至终都不曾见到过飞行员的尸骨，想必那连金属都要熔化的高温，要把人的肉体烧化成灰更不在话下了。20 世纪 80 年代初的某一天，夏尚万还接待过 3 位美国友

人, 这 3 个人由省、县外事部门的工作人员作陪, 他们是当年那牺牲了的飞行员的夫人、儿子和儿媳。他们怀着一丝侥幸, 希望能找到亲人的骨骸带回美国去安葬。夏尚万还专门把他们带到当年夏塘坎边上的坠机地点进行过吊唁。

那是春日里的一天, 中方的 3 个外事人员当时是在官家林的茶铺里找到夏尚万的。他们告诉他, 当年牺牲的那位机长名叫爱德华, 同机的还有副驾驶等另外 3 名机组成员, 除了副驾驶以外, 其余两个人后来都在战争中牺牲了。爱德华的儿子 30 多年来一直在寻找父亲牺牲的真相, 去年才偶然把他父亲最亲密的战友副驾驶找到。这位副驾驶叔叔告诉他, 他们当天驾驶着满载航空汽油的 C-109, 从印度基地起飞, 眼看成都 A-1 基地已经在望, 引擎却突然起火了, 怎么也扑不灭。爱德华机长命令他们 3 人赶紧跳伞, 副驾驶想自己留下来控制飞机, 结果被机长臭骂了一通。他们 3 人刚一跳伞, 引擎就完全停了, 在降落伞把他们 3 人升上空中的那一瞬间, 3 个人眼睁睁地看着 C-109 一头扑向脚下的田野, 之后就是熊熊烈火和大爆炸。

这天正是大晴天, 川西平原得以展示它最美丽的一面: 春光明媚, 花团锦簇, 桃花如火柳如烟, 麦苗儿青青, 金黄的油菜花儿灿烂无比。与之形成反差的, 是爱德华家人沉重的心情和阴沉的脸色。

当年的夏塘坎以及它旁边的那块长长的冬水田已不复存在, 在 20 世纪 70 年代 "农业学大寨" 的改土造田运动中早已变成了一坝农田。夏尚万把一行 6 个人带到一块大田边说: "这就是当年的那块长冬水田, 掉飞机的地方。" 众人起眼一看, 眼前没有倒映蓝天的水面, 有的只是一块花香袭人的油菜田。60 出头的爱德华夫人风韵犹存, 她面田伫立, 失神地望着映入眼帘的油菜花, 泪水顺着眼角无声地滑落下来。她喃喃自语: "爱德华啊, 亲爱的! 一转眼, 你离开我已经 38 年了,你的露易丝已经老了，我再不来就怕今后没有机会了……亲爱的，你在天堂还好吗？"

爱德华的儿子和儿媳早已热泪盈眶，情不自禁地在田埂上跪了下来，儿子哽咽着说："爸，你的宝贝儿子和儿媳看你来了……"

一阵清风吹过，田里的油菜花摇曳着花枝，金灿灿的花海随之涌起一阵涟漪。

爱德华夫人面露欣慰，说："瞧，你爸知道我们来了，正在打招呼呢……"

一席话，说得中方随行人员的心里酸酸的。

爱德华的儿子说，他父亲牺牲的时候，他才两岁。他母亲一直梦想到中国新津来寻找父亲的遗骸，可是早些年中国一直在打仗，后来又是冷战时期，直到现在中国实行改革开放，他们一家人才终于如愿以偿。

爱德华的儿子试探地问："请问我父亲有没有留下遗骸？我们想把他带回祖国去安葬。"

夏尚万说："当时，连整个机身、机翼和机尾都烧化完了，更别说人的肉体了！"

爱德华夫人仰望着半空，啜泣着："亲爱的，你当时就化成了灰，不知有多痛苦啊……"

他儿子问："请问有没有找到过我父亲的随身遗物，比如佩枪。"

夏尚万忙说："有啊！当时曾经从水塘里捞起过一把可耳提手枪，一把匕首……"

"哇！"爱德华的家人喜出望外。

夏尚万又说："还有一只乌金箍子呢！"

翻译适时地把乌金箍子译成了乌金戒指。

爱德华夫人叫道："那是我给你爸的结婚戒指啊！"

"这些东西现在在哪儿？"爱德华的儿子恨不得马上就见到父亲的遗物。

他见夏尚万欲言又止，就说："老先生，请别误会，我不是追讨父亲的遗物，而是赎回。"

"赎回？"夏尚万问。

"对！多少钱都好商量的，尤其是那只戒指……"爱德华夫人说。

啊！男人当年抛妻别子，跑到东方古国来抗击日本法西斯，出师未捷却葬身川西大地，38年刻骨铭心的思念啊！夏尚万被爱德华夫人的赤子之心深深地打动了。他只好字斟句酌地说："东西嘛肯定早就流失了，时间实在是太久远了，38个年头了啊……"

爱德华夫人默默点了点头，取下自己脖颈上围的那条蔚蓝色的纱巾，叠成方形，平铺在田埂上。她儿子心领神会，忙蹲下身子，在父亲的灵魂升天的地方，抓起一把黑土放进母亲的纱巾，又看着她把泥土包好，郑重地放进她随身的坤包里去。

事后，当地有人议论说，夏三这个瓜娃子，他当年一二十元就把乌金箍子卖给收荒匠了，要是留到现在，再卖给飞行员的儿子，说不定还可以卖它一两万元哩。

这次坠机，没有在县档案馆找出的民国档案里发现，时间应该在1944年冬天。我请夏尚万老人给我指点一下夏塘坎的方向，我说我想拍张照片留作纪念。可是他告诉我，地貌早就变得面目全非了，出门对面的牧山大道那边，当年就是一度驰名的夏塘坎。我顺着他指的方向看去，车水马龙的公路对面，是一家房地产商的施工工地，一台台塔式起重机的吊臂正起落着，一幢幢高楼正在拔地而起。我只能苦笑着摇了摇头。

夏老还给我口述了发生在官家林场口上的一次坠机，这一次将当时官家林街上全场 35 户街房焚毁，档案记录的时间是 1944 年 12 月 25 日凌晨 3 时，飞机当时就掉在中兴乡第 2 保保长冯忠武的房子上。

3. 目击者的讲述：中兴乡的另外三次坠机

2009 年 7 月 17 日，又是一个阳光强烈、热得人汗流浃背的下午，在距第一次采访夏老的一个多月后，我重返官家林街上的场口，去寻访当年冯忠武的家。我简直没想到，在冯忠武老屋旁边开茶铺的竟是冯的侄儿；更想不到的是，这个茶铺这天下午的生意好得出奇，男男女女的当地茶客坐满了两间铺面，他们围坐一张张茶桌，不是在打麻将，就是在打长牌。他们的头顶，有两把吊扇正"哗哗哗"地旋转着。铺面从檐口到地面吊着遮阴的篾篁，外面过路的人根本感觉不到里面的热闹。在这里，众茶客一明白我的访问意图，立即七嘴八舌地向我推荐了三四个知情的老人，并且这几个人当时都在场。我原本正苦于找不到理想的受访者，想不到"得来全不费功夫"，我当时真是感到喜出望外。茶铺老板把他铺面天井后面的灶房让给我作了临时采访室，这里虽说闷热，但还算宽敞僻静，录音笔因此可以避免录入屋外来来往往的汽车声。当时接受我采访的有 3 位老人，他们是叶成元（生于 1931 年腊月初二）、冯友志（生于 1939 年五月初五）、张铁匠（名文全，生于 1923 年腊月二十七）。俗话说：赌场如战场。他们当时正忙于打牌，兴致勃勃，可是为了我这个县上下来采访的陌生人而撤离"火线"，甘愿来陪我摆龙门阵，其纯朴和好客让我感动。

以下，是 3 个人的口述。

先说冯忠武家掉飞机的事。当时是半夜，一架运输机从西南方向呼啸而来，将一排大青冈树拦腰撞断，一冲过公路，机身落地就散了，飞机脑袋借着惯性一直朝前冲，睡在床上的冯忠武两口子被巨大的响声惊

醒了，二人不知就里，懵懵懂懂地慌忙起身，冯忠武的双脚恰巧被压在滑过来的机头底下，他老婆却侥幸逃脱了。飞机突然就悄无声息地燃了起来。叶成元的家离冯家不过一二百米远，全家人被飞机落地的声音惊醒，接着就看见屋外满天通红，他母亲就说：官家林遭火烧了！等叶成元赶到官家林时，暂2师的一个连已经从半里之外的驻防地——徐桅杆赶到了，这些兵立刻设置了警戒线，不许外人靠近。

不久，一阵风似的从机场方向开来七八辆敞篷吉普车，这是美国人的救援队，他们一跳下车就匆匆朝坠机的地点跑。由于冯家的房子垮了，慌乱之中，有个美国人还一脚踩进了粪坑里。李幺娘有个20多岁的儿子在冯家打工，绰号叫幺姑娘，他一惊醒就见满屋起火，竟然不顾一切地朝院子里的一棵老柏树上爬，最后葬身火海。

当时官家林路两边的街房摆了有百把米长，全都是茅草房，飞机一起火，一下子就点燃了半截街，火大风就大，大火燃得"呼啦呼啦"地响，风助火势，一下子就把一只只"火老鸹儿"（燃烧的草团）抬到对面的草房顶上，一阵大风席卷而过，路两边的街房呼地腾起两条张牙舞爪的火龙。大火一直烧到第二天中午，除了处在上风头的几家人隔得远一点，官家林两边的街房全部化为焦黑的废墟。

这次坠机，4名机组成员全部牺牲，其中一名跳伞者的半边脑袋让呼啸而过的飞机给铲掉了。

1944年6月18日凌晨4时，档案中所载发生在"中兴乡第七甲甲长刘洪兴及邻居陈大兴二户院内"的这次坠机，老人们异口同声地称之为"陈鸡儿子"坠机。我起初弄不明白，大家为何要称"陈鸡儿子"，是否坠机时烧死了陈家的一窝鸡儿子（雏鸡）。老人们都笑了，说"陈鸡儿子"是陈大兴的绰号，说他长得瘦小、像秧鸡儿似的。这天坠毁的机型是5个头的C-109运输机（B-24派生的运输机）。

　　张文全老人说，这回掉飞机的地点离官家林有 2 里多路，小地名叫肖碾。刘洪兴和陈大兴两家是一个小林盘，他们家离我家只有半里路远。当晚半夜过，那架出事的飞机"轰"的一声从我家的房顶上飞过，我们全家都被吓醒了。飞机斜冲过去，撞断了几棵大柏树、楠木和麻柳树的同时，它的双翅也撞断了，飞机一下子就落在田里，机头滑过秧田，一直冲过去，把刘、陈两家的房子推倒，一下子就燃了。汽油喷发，大火四起，刘、陈两家的房屋连林盘，全都烧光了。陈家的老父、老母、妻子以及出嫁后恰巧回来走娘屋的女儿共计四口，及刘姓老幼男女共计五口，全都被活活烧死了。飞机上的 4 名机组成员全部被烧死，除了其中一名是全尸，用降落伞包裹后抬走外；其余 3 人手脚被烧化，只剩冬瓜状的焦黑的身体，惨不忍睹。这个留全尸的美国人提前从飞机上摔了下来，扑倒在陈家猪圈的石板上，才幸免于被烧化。飞机上的一把座椅掉在了一条小水沟的边上。天亮后，一个赶来救援的美国人从围观者的手中借了把锄头，从椅子边的水沟里掏了把可耳提手枪上来。这架飞机是天蓝色的，它的机翼和机尾都没有燃烧。

　　另外一次坠机是在官家林 2 里之外的 14 保（现东华村，小地名肖坝子），具体是哪天记不清了，好像是小日本已经投降了，当时是傍晚，一架 3 个头的运输机突然从天上"嗡"的一声就冲下田来，也许是想迫降，飞机放下了起落架。落地时，被一条横向的水沟一挡，起落架的一只碾子折断了，这架飞机就改变了方向，一直滑过去，眼看就要撞上李良成的房子，只隔一两丈，它却停了，真是运气！这架飞机上装了 28 桶汽油，竟然没有燃起来，机组成员也没有死一个人。这些汽油，后来请人运到了离这里不远的美军的电台站里，飞机一直在原地停了个把月。后来不知卖给了哪个商人，就在原地砌起化铝炉，把一段段的劈柴丢进炉里，用手拉风箱把炉火烧得极旺，再把飞机上卸下的一块块铝板

投进炉子，只待铝板一化成水，就用铁瓢舀进模子浇铸成一块块龟背状的铝锭。

4. 目击者的讲述：李林盘坠机

1944年，当水田里的水稻穗子正含苞的时候，在机场东南角的李林盘曾经发生过一次飞机失事。

李林盘住有十五六户人家，南邻大机棚，距机场不到半里，林盘附近秦坟园的柏树林里，还有一个中国军队控制的高射炮阵地。林盘北侧李新龙的院子较大，除了龙门子、前厅、三间正房是大瓦房外，其余都是草房。他的后房是一家私塾的学堂，教私塾的老师名叫李树阳，租的是本家李新龙的房子办学，教有十二三个娃娃。李林盘的人当时大多在做一种小生意：买来皮棉，由自家人或雇人，先用梳花机梳成干净蓬松的棉花，再搓成一根根的棉花条子。那会儿，川西农家几乎家家户户都兴自己动手纺线织布。每逢赶集，李林盘的人就到市场上去，用自己搓的这些棉花条子跟那些妇女、老姬纺好的线子交换，一般是以老秤的12两棉条换16两（1斤）线子，然后再把线子卖给织布的人，从中赚取一点差价。这时节正是农闲，正是中午，有的人家正在吃午饭，有的刚去赶了岳店子卖了棉花条子转来，有的孩子正在稻田边的水凼里捉鱼，私塾还没有放学，李树阳正在考学生他教过的字，日子就像平常那样悠闲和平和。岂料，一场灭顶之灾正在从天而降。

一架5个头的B-29飞机摇摇晃晃地从天上落下来，机翼被一棵两抱粗的大麻柳树挂了一下，机尾猛地一甩，整架飞机"砰"的一声斜插过私塾的那间草房，一头冲向20多米外的李桂英家，机身一下子就把她家的房子压垮了，机头落在屋外的秧田里。

且说学堂这边，被飞机撞击后的草房摇摇欲坠，李树阳老师忙大叫一声："快跑！"十几个娃娃惊惶失措地奔向大门，李老师见门框上的横梁要垮，忙一个箭步冲上前伸出双手托住，等所有的学生好钻出去，最后他刚钻出门，那房子"轰"的一声就趴到了地上。李树阳又惊又怕又累，本来就有哮喘病的他，过了一年的光景就英年早逝了。李树阳的家人至今都坚持说，他是为救学生而累死的，或者说至少是病情加重才死的。

当时10岁的李桂英一出门就看见飞机掉在自家的房顶上，就没命地朝家里跑。当天，是李桂英奶奶的生日，奶奶、爸爸、妈妈、大妹正在屋里吃午饭，除了爸爸和大妹，奶奶和妈妈都压在房子下面，李桂英钻进去，帮助爸爸想把妈妈、奶奶拖出来，可是压得太死，怎么拖都拖不动，痛得惊呼呐喊的妈妈叫男人和女儿快逃命，说谨防飞机要燃了。李桂英和爸爸刚从垮塌的房子里钻出，飞机就燃了，父女俩吓得扭头就跑。火焰愈来愈大，整个飞机突然"轰"的一声就爆了，火焰向四面八方喷射，整个李林盘十几家人的房子连同树木立刻腾起一片火海，林盘上空黑烟滚滚。林盘里的人以为飞机上装满了炸弹要爆炸，四散奔逃，纷纷跳进水沟里躲避。李桂英的大妹只受了点轻伤，鼻子被戳，流了点血；爸爸也算轻伤，只是身上被当作墙壁用的捶笆戳伤了多处。奶奶后来不知怎么从废墟里爬了出来，被抢救东西的人救了。美国人立刻把她抬上吉普车，送到几里之外设在五津镇边上的美军医院抢救，美军医生给她打了3针，终因流血过多加上烧伤，不治而亡，最后用一床军用毛毯裹住，把她送了回来。事后发现，妈妈被烧成了焦炭，连手脚都不全了。

有个名叫元元的12岁的男孩子，是寄住在李林盘亲戚家读书的，他当天逃学，擅自带了个虾爬（笆）跑去捉鱼了，李桂英4岁的小妹一

直跟他在一起玩。可是事后却怎么也找不到这两个孩子。最后，终于在烧成了光框框的机头旁边的烂稀泥里，找到了一截男孩子的脚板，那正是元元的，而一直跟元元在一起的李家小妹，却生不见人死不见尸，永远失踪了。

李林盘的旁边有个隐蔽飞机的机窝，当年就有条公路经过。飞机一坠落，半里外的美军救援队立即开着汽车赶到。蔡湾村83岁的张家成那天恰好在李林盘走亲戚，亲眼目睹了这次飞机坠毁的过程。老人看见：飞机摇摇晃晃地从天上落下，"轰"的一声把李家大院的房子撞垮了，但是没有燃。附近的高鼻子立刻赶来营救。飞机上的驾驶员没有负伤，但不知什么原因，救他的高鼻子刚把他拖下飞机，他又扑回驾驶舱，连续拖了他3次，好不容易才把他拖走。这时，飞机忽然"轰"的一声就烧起来了，火好大啊！几个高鼻子拿了根铁链子搭在一间正在燃的房子上，使劲把它拖垮在地上，免得把其他的房子点燃。一个妇女从外面跑回来使劲哭喊，死活要冲进火场，说她的娃娃还在里面。一个高鼻子拖住她，不让她往里冲，见她不听劝，他干脆自己冲进燃得正凶的房子，抢了一个铺盖裹住的小娃娃出来。

事后，美军在机窝的地面上搭了12顶四四方方的军用帐篷，供李林盘这些受灾的人居住，人多的人家发两顶帐篷，人少的两家人合住一个，还送了衣物、饼干、罐头给他们，还做好饭供给他们吃。人们在这些帐篷里住了好几个月，当时的政府是怎样赔抚的，却没有人说得清了。美国人曾经来李林盘给他们丈量过土地，说是要修房子来赔偿，往后日本人投降，美国人回了美国，这事就不了了之了。之后，这些帐篷就被各家卖了，比如我的受访者李林盘土生土长的85岁的王运田老人就告诉我，他家的帐篷就被表哥李新龙拿去卖了1石2斗（约合480斤）大米。

关于李林盘的坠机事件，我在陈林盘有所耳闻，却与上述情况出入很大，有人跟我说，李林盘的"李家院子很大，里面有一个私塾，那天正在上课，老师死了1个，还死了两个学生"。仅仅才相隔了两三里路，传闻的事情却完全是两个样子，我幸好没有凭道听途说就动笔呢。2009年7月17日上午，一个凉爽的阴天，我来到李林盘外面。我看见路边一幢房子的外面，有个花白头发的老妪正在择猪鼻拱（鱼腥草），我就向她打听有关情况，她就向我推荐了当地一位85岁名叫王运田的老人。摆谈之间才得知，她就是那个私塾老师李树阳的大儿媳米秀英，今年76岁，她是1951年从普兴乡范埂子嫁到这里的，关于当年的坠机情况是她的公婆告诉她的。我心想这并非亲历的讲述恐怕有些靠不住，不想此时又有一位老妪路过。米秀英忽然兴奋起来，说："你快问她，飞机就落在他们家的房顶上。"这就巧遇了75岁的李桂英，当年那个钻进垮塌的家试图拯救母亲的10岁的小姑娘。不想这几十年她竟然都没走，一直在本地安的家。后来，我又在新（津）普（兴）公路边上的一家茶铺找到了王运田老人，他的口述角度对事件自有补充，但具体的坠机伤亡情况却全凭李桂英老人的生动的讲述。如果没有巧遇她，整个的采访就会缺乏最核心的部分，不由我不感叹：真是天助我也！

5. 目击者的讲述：韦驮堂坠机

1944年美军飞机失事，以韦驮堂（今花桥镇长绍村4组）坠机最为惨绝人寰，令人惊心动魄。

10月22日凌晨，一架执行照相侦察任务的B-29（编号42-6288），刚刚起飞就坠毁了。当时，正在呼啸而起的飞机猛地朝地面一跌，斜着一头栽向约1公里外的韦驮堂。飞机立即摔成了两截，机头抛出去距机

尾二三十米远，油箱随即发出雷鸣般的爆炸，高速喷射的数吨汽油闪电般地腾起烈焰，附近的吕烟铺子和雷子坦家以及韦驮堂立刻笼罩在火海中。韦驮堂里当时有包工头儿雇来修补机场的数十名金堂县的民工。爆炸发生时，可以想象他们是如何被惊醒，又如何边惊恐地尖叫边疯狂乱撞逃命的。但是他们没有一个人能逃到屋外，火焰刹那间吞噬了一切，一切的可燃物在短时间飙升起高温，连金属都融化了，整个B-29巨大的机身被烧成了光架架。因为事发仓促，11名机组人员无一人有机会跳伞，全部葬身火海，化为尘埃。天亮以后目睹过空难现场的老人们说，实在是太惨了，就像十殿阎罗（地狱图景）！现场保留着逃生时拼命挣扎的各种姿势，那些看不出姿势的人体更令人恐怖，那是被高温焚烧萎缩成的一具具焦黑的桴炭啊！

坠毁在新津韦陀堂的 42-6288 号 B-29 轰炸机机尾

6. 坠机原因假说

当年新津机场美军飞机坠毁之多，令人咋舌。现在来分析，其原因不外乎三点。

其一，是飞机本身的机械事故。比如出事最多的 B-29，就当时来说其设计非常复杂，军方急需 B-29 投入太平洋战争，时间要求极为紧迫，一开始设计及生产即出现严重问题。飞机的遥控火炮和中央火控会经常失灵。因为其设计经常改动，本来在 1943 年 6 月就该装备部队的，却拖到 1944 年 3 月才出厂。而已经出了厂的大部分 B-29 飞机，居然不是直接运往前线，而要先送到指定的工厂进行改装。尤其是它的发动机莱特 R-3350 的性能并不可靠，在飞机满负荷时经常过热。两架 B-29 原型机中的一架，居然在测试试飞时引擎起火，机翼折断而坠毁。当时，所有服役的 B-29 一直受引擎过热的困扰，这一致命伤一直拖到"二战"以后，有了另一款 B-29D 引擎的出现，才最终告别噩梦。

有一份关于 B-29 故障问题的研究资料这样说道："发动机故障在 1945 年 1 月中旬之前一直是让人头痛的问题，平均每次任务都会有 23% 的飞机产生故障。汉舍尔命令为 B-29 进行减重，减轻发动机负荷。为此 B-29 拆掉了一个油箱，并拿掉一些 12.7 毫米机枪的弹药，每架飞机可减重超过 2722 千克。并且规定所有的维护工作都要在联队总部监管下集中进行，严格把关。自此之后 B-29 的耐久性有明显改善，发动机寿命从 200 小时延长到 750 小时，到 1945 年 7 月，每次任务的发动机故障率下降到了 7%。"

另一份关于 B-29 故障问题的研究资料说:"在中缅印战场的 B-29 事故率惊人,其中大多是由于发动机起火引起的。尽管已经经过大量改进,但还是问题成堆。"这份研究资料不仅赞同上述说法,而且对 R-3350 发动机的故障原因有更为深入的研究,它进而指出了该型号的发动机为什么会起火的直接原因:"汽缸顶部的温度按照安全标准最高上限是 270 摄氏度,但由于成都和印度在盛夏地面温度高达 37—46 摄氏度,再加上发动机贫弱的冷却系统,汽缸顶部温度在起飞后很快就升至 310 摄氏度。如此高的温度导致气门杆润滑油的蒸发,气门杆断裂并掉入汽缸与活塞碰撞而起火。"

面对 B-29 发动机莱特 R-3350 的致命伤,"马塔角行动"的勇士们并没有一味地怨天尤人,他们通过科学冷静的分析和小心谨慎的成功试验之后,在所有的 B-29 机组推行了一种起飞时新的操控方法,这就是:为了使汽缸顶部温度保持在临界警戒线 270 摄氏度以下,在起飞滑跑时就尽量加快时速。B-29 机组学会了充分利用跑道的全部长度,当加速至 225 至 233 公里的时速时才以低角度起飞,并且在起飞之后不立即爬升,而是留在低空继续加速,在达到既定的空中速度后才能开始爬升。一旦时速达到了 322 公里,随机机械师立即关闭发动机整流罩排气门,以此减小阻力。其降低发动机故障的工作原理在于:空速是控制汽缸顶部温度的关键,当速度提高后排气门产生的阻力大大高于对降温所做的贡献。

B-29 的机械事故虽然可以被美国人幽默地称为"常见的发动机故障"或"讨厌的发动机故障",但许多为了报效祖国的风华正茂的美国大兵,就这样被有着致命伤的 B-29 白白地葬送了!

其二,是飞行员本人操作不当。比如坠毁在韦驮堂的那架 B-29 就是属于这种情况。当年的机械士班长、85 岁的薛树铮老人说,这次飞机失事，我们当时是这样分析的：飞机起飞时，如果速度不够，飞行员又把上升角度拉得过高的话，升力不够，飞机就会掉下来。这架飞机当时明显是操作不当，它爬升时还没有飞出跑道范围，突然就往下掉了，之后一路斜向冲向了韦驮堂，直至爆发大火。

其三，是 B-29 在执行轰炸任务时，遭遇了日军屠龙式战斗机或防空炮火的重创，好歹挣扎着经过长途飞行，眼看成都 A1 基地在望，却再也无力对准降落的跑道而坠毁。

有的文章猜测飞机坠毁的原因，乃是远程奔袭"油料耗尽"。一直负责为 B-29 加油装弹的薛树铮老人明确告诉我："不可能。我们为轰炸日本本土返航的 B-29 加油时，就发现里面剩的油还多得很，从没见哪架把油飞完过。"

还有的文章猜测飞机坠毁的原因，乃是因为日本特务或汉奸混进了机场，偷偷往 B-29 的发动机里喷射了镪水（浓硫酸），发动机因此被慢慢腐蚀，等到最终发现起火时已无力回天了。并且还绘声绘色地瞎编说，美国人不仅抓到过往 B-29 的发动机里喷镪水的日本特务，而且还把他装进麻袋，泼上汽油，将他活活烧死。薛树铮老人明确说："乱说，根本没有这回事。B-29 的飞机机头离地面起码有 4 米高，一个人站在平地伸手根本摸不到。再说，专门看守 B-29 飞机的航空特务旅未必是吃干白饭的！"

第八章　美军"二战"老兵新津寻梦

掐指算来，在新津机场服过役的美国大兵，假如 1944 年他是 20 岁的话，到今天（2009 年）也是 85 岁高龄的耄耋老人了。一个人上了年纪就难免不怀旧，古今中外概莫能外。20 世纪 80 年代以来，我们国家加大了对外开放的力度，这就为大洋彼岸美国"二战"老兵的怀旧之旅提供了可能性。

据不完全统计，在"二战"期间，美国有 2000 余名机组人员长眠于中国的土地上，近 3000 架不同型号的飞机被击落或坠毁，那飞机解体时反射着银光的一些铝片，就从印度加尔各答一直散落到喜马拉雅山、昆明、新津等华西空军基地的这一片土地上。

斗转星移，岁月悠悠。60 多年的时光就像大河里的流水一样逝去了，曾经生龙活虎的美国大兵们已经到了风烛残年的年纪，此时，他们才惊讶地发现：大洋彼岸华西空军基地之一的新津机场竟然挥之不去，叫人魂牵梦萦。趁着还有精力，他们漂洋过海，到曾经出生入死过的新津机场寻梦来了。

1. M、"刘易斯"和罗伯特

最先踏上新津大地寻梦的一位美国客人虽非"二战"老兵，却代表的是老兵本人，这是 1989 年秋天的事。这是一个约莫 40 多岁的人，他

是受老父亲 M 的临终托付，来新津中兴乡（今属花园镇）帮老爸寻找救命恩人的。1944 年的某天，美军的一架 B-29 飞机起飞时引擎突然起火，扑救不及，坠毁在中兴乡官家林。当时作为驾驶员的 M 跳伞后身负重伤，血流不止。中兴乡一位姓王的保长马上找来一个推鸡公车的老实巴交的汉子，汉子二话没说，推起 M 就向数里外的新津机场跑去，为 M 的获救重生赢得了宝贵的时间。但是，当小 M 转弯抹角地通过市、县外事部门寻访到官家林时，早已是物是人非，不仅那位推鸡公车送伤员的汉子，就连那位安排此事的王保长都早已过世了。好在老保长的儿子还在，小 M 就替老爸向恩人的儿子深深地鞠躬，当他掏出 500 美金表示谢意时，却遭到了婉拒。这是当时应邀做翻译的我的恩师——退休高级英语教师杨春孝先生亲口告诉我的。

　　第二个走进新津机场的"二战"老兵，是当年管机场周围 6 个防空暗堡阵地的一位美军上尉，因为我的受访者陈友清老人实在弄不清他的姓名，我们姑且称他为刘易斯。这是十几年以前的事。刘易斯那天带着儿子、儿媳和女婿，在民航一分院某领导的陪同下，来到陈林盘寻梦。当年，陈林盘凌机场壕沟的埂子上修了个架高射机枪的暗堡，暗堡顶上还安着探照灯，由美军驻守。这位刘易斯曾多次去过陈林盘，并去过陈友清家玩。老态龙钟的刘易斯当时一见陈，兴奋得两眼发光，竟边用结结巴巴的中文边比画说："这里、陈、林、盘，你姓陈！"二人都认出了对方，通过翻译激动地对起话来。刘还请陈把他领到当年的那个暗堡前，并把陈拉到暗堡上与他们一家人合影留念。可惜陈友清手上的照片后来被县上的一个人要走了，从此失踪。

　　2003 年 11 月 2 日，又一批"二战"盟军老兵，包括当年第 20 航空队（驻新津机场的 B-29 轰炸机队）、第 14 航空队（飞虎队）、第 10 航空队（驼峰空运队）的 43 名队员，组成的 2003"驼峰、飞虎历史大追踪"旅行团由北京飞抵成都。当得知飞机已进入四川境内时,老人们竟像孩童一般地激动,竟凑近舷窗试图辨别地标,满心希望还能找到一丝当年的痕迹。到成都的第二天,老人们参观了新津机场,不仅在当年起降 B-29 的跑道上流连,又专门在当年修的油库前、在作为展品的当年修机场的石碌前留影。90 高龄的罗伯特老人在这里揭开了尘封的记忆。他清楚地记得,那架坠毁在西岭雪山的 B-29 正是从新津机场起飞去轰炸日本本土的,时间是 1944 年 8 月 20 日。当时,他是第 20 航空队司令部中尉电报员,指挥部发出的那道解散编队的命令,就是从他手中发出的。

2009 年 2 月 27 日,民航飞行学院一分院迎来了几位特殊的客人,他们是美中航空历史遗产基金会执行主席杰弗瑞·B·格端一行,前来寻访在"二战"中发挥过重要战略作用的新津机场历史遗迹。格端体格高大,虽年事已高,却不顾路途劳顿,先是兴致勃勃地在分院陈列室的石碌前一张接一张地拍照,之后,又马不停蹄地去寻访老油库、防空暗堡等历史遗迹,还像孩童一样在当年的旧跑道上捡石子,说要带回去留念。所到之处,他又看又拍照,意犹未尽,还不时地比大拇指直叫"OK"。他将自己编著的《飞虎的咆哮》一书,签名赠予分院,在扉页上用英文写下了对飞行学院的祝福:"All My Best Wishes"(请接受我衷心的祝福)。《飞虎的咆哮》这本书写的是"二战"中美国飞行员在中国战场的亲身经历,其第七章讲述的正是进驻新津机场的美军第 20 航空队第 58 轰炸机联队轰炸日本本土的故事。

2. 回家了,感觉真好

2005 年 8 月 19 日,正当世界反法西斯战争暨中国抗日战争胜利 60 周年之际,12 名曾经是当年的"飞虎队"员或驼峰航线飞行员的"二

"战"老兵，带着自己的家属，总共 51 人，来新津机场寻梦来了。以下是根据新华社记者海明威当天采写的报道所做的转述。60 年前，22 岁的布朗是属于飞驼峰航线的飞行员，驾驶的是 B-24 重型轰炸机改装的运输机，常年在昆明与新津机场之间飞来飞去，为中国抗日战场运送油料、炸弹、子弹、食品、生活用品等紧缺的战略物资，还曾经运送过中国军人到缅甸作战。

对于 60 年前中国农民修建机场的往事，82 岁的布朗老人依然记忆犹新。他回忆说："成千上万的人背着竹篓将石头运到这里来。人们将大石头打成小石块，然后用巨大的碾子将碎石块轧实。还有女人和小孩，也在跑道边砸石头。"提起往事，老人愈来愈激动："有二三十万名中国农民在这里工作。他们有的排成一排用绳子拉大碾子，有的在路边砸石头，场面非常壮观，全靠双手修机场啊！这简直是人间奇迹！"

但老人心中始终有个石块，60 年来沉甸甸地压在心头。他说，当他每次降落时，正在修复跑道的农民们就会迅速闪开，给飞机让出足够的空间，但是，飞机降落有时会出现偏差，眼睁睁地看着一些农民被撞死……"对不起了！"一声迟到的道歉，让老人默哀般地垂下了头。一望无际的旧跑道伸向远方，脚下是曾被美军巨型轰炸机和运输机碾压过的石子，荒草无言，这一片大地该是接受了老人的歉疚了吧？

布朗的孙子名叫爱德华兹，自小就常听爷爷讲"二战"的经历和遭受的苦难。他知道爷爷一直想来看看当年的这片土地在今天的样子，这次是专门陪爷爷一起重返新津机场了却夙愿的。

旧地重游，让布朗这位耄耋老人"老夫聊发少年狂"，他竟用敲击电键的手势，向孙子发起莫尔斯码来，这是当年新津机场指挥塔呼叫自己时的代号："滴滴滴滴……这里是一号机场……"

爱德华兹受了爷爷的感染，一个人顺着野草丛生的跑道跑向远方，之后张开双臂仰天伫立，似乎不如此不足以表达他对爷爷思念的这片土地的情感。

这天，布朗老人特意穿上了"二战"时的军装，戴上了船形帽，活脱脱的一副"二战"美国大兵的形象。他一走到当年曾经多次起降过、已是杂草丛生的旧跑道，就像见到了久别重逢的亲人一样，泪花竟在眼眶里闪烁，喃喃自语道："回家了，感觉真好！"他俯身捡起跑道上的一块小石子放入胸脯上的口袋，就像揣了块宝石一样摸了又摸："我要把它带回美国……"想不到，一个美国"二战"老兵，竟会把异国他乡的新津机场当作他心灵的归宿，令人慨叹！

这51人的寻梦团中，有一位身份特殊的女游客，一位退休的美国教师——伊顿女士。她只有58岁，上帝在造她时显然没打算让她参加"二战"，她的所有亲戚中也没有参加过"二战"的。但是，伊顿却是个历史发烧友，她对研究"二战"史情有独钟，她不满足于只啃书本和只看影碟。当她得知布朗等"二战"老兵要重返魂牵梦萦的新津机场时，她自告奋勇加入了这个特别的旅游团。

伊顿对采访她的新华社记者说："这是我们国家的历史，也是你们国家的历史。这是一段苦难的时光。很幸运，我们赢得了战争。"她说她这一趟真是不虚此行，"不要战争，每个人都过他们自己的生活，上班，和家人在一起，送小孩去学校……这就是我们需要的生活"。

伊顿用最朴素的语言，表达了全世界爱好和平的人们的共同心愿。是啊，要和平，不要战争！"二战"时，中国人以自己的血肉之躯在中国战场牵制了150万以上的侵华日军，美国大兵不远万里来到中国出生入死，修机场的川西农民感天动地的原始劳动，所有人的一切努力，他们流的每一滴血汗，不都是为了实现一个善良的心愿——要和平，不要战争吗？

让我们重温一下中华人民共和国主席胡锦涛于 2005 年 9 月 3 日《在纪念中国人民抗日战争暨世界反法西斯战争胜利 60 周年大会上的讲话》吧:

"在波澜壮阔的全民族抗战中,全体中华儿女万众一心、众志成城,各党派、各民族、各阶级、各阶层、各团体同仇敌忾,共赴国难。长城内外,大江南北,到处燃起抗日的烽火。中国国民党和中国共产党领导的抗日军队,分别担负着正面战场和敌后战场的作战任务,形成了共同抗击日本侵略者的战略态势……

"我们不会忘记给予中国抗日战争道义和物质等方面支持的国家和国际友人,不会忘记在南京大屠杀和其他惨案中为中国难民提供帮助的外国朋友,不会忘记与中国军队并肩作战并为中国运送战略物资而冒险开辟驼峰航线的美国飞虎队,不会忘记不远万里前来中国救死扶伤的外国医护人员,不会忘记真实报道和宣传中国抗战业绩的外国记者,不会忘记为中国抗战胜利付出过心血的外国军事顾问及其他方面人士,更不会忘记在中国东北战场上英勇献身的苏军烈士!中国人民将永远铭记世界各国人民为中国人民抗日战争胜利做出的宝贵贡献!"

这声音在天地间回荡,永远不落!

后 记

　　著名报告文学作家理由曾经说过，采写报告文学好比在掘一口深井。其实，采写属于同一种题材的纪实文学，又何尝不是在掘一口深井呢？

　　本书是一本描写 65 年前正处于"二战"中的新津机场的纪实文学作品，该书能否写得具有一定的历史价值、认识价值和文学价值的关键，其决定因素之一，就是能否找到比较理想的采访对象——当年的知情者。非常可喜的是，我首先找到了曾在当年的新津机场当过地勤人员的吕仲明和薛树铮两位 80 多岁的耄耋老人，并做了成功的采访。但是对于需要了解的关于机场里里外外许许多多的问题，却感觉两眼一抹黑，根本不知道该找谁。据说，2005 年庆祝中国抗日战争暨"二战"胜利 60 周年时，成都的媒体曾做过新津机场的采访报道，结果做得很不尽人意，其原因就是在新津县城和机场的周边农村找不到满意的知情者。县上当年曾经陪同成都媒体做过采访的有关工作人员把这个不幸的消息告诉了我，弄得我心里忐忑不安。巧妇难为无米之炊啊，我一度怀疑我这本书究竟能否写成。

困惑中，我想到了我的一个老朋友，一个真资格的农民作者，今年65 岁的郑泽光，他写的一个短篇小说《月光潺潺流水声》曾获 1983 年度成都市优秀作品奖。他自从 1980 年跟我结识以来，我们各人忙于生计，见面的时间虽然不多，感情却特别深。他是兴义镇人，近年在南河南岸替人看守林园。我请他一定回他的老家兴义镇帮我找找，看看能否发现两三个当年修过新津机场的老人。他是那种豪爽仗义、侠骨柔肠的典型的川西男人，重承诺、讲义气。

2009 年 5 月中旬的一天，他果真骑着他那辆早该淘汰的 70 型嘉陵摩托回了一趟兴义，东问西问，却一无所获。他忽然想到远在方兴镇的一位老朋友，或许可以帮他寻访到知情者，他就从兴义出发，经吴店子到方里寺，结果朋友不在。他索性经安西，过南河余渡儿大桥，到了商隆场，终于在场口上一家卖 5 角钱一碗茶水的茶铺里找到了一位知情者，但这人仅修过 3 天机场。他却由此受到启发，既然我需要找的都是些八九十岁的农村老人，这些老人为了消磨时光，即便现在正值双抢大忙时候，他们多半也会去坐茶铺，而且是坐这种 5 角钱一碗茶的茶铺。他想，他又何不去机场周边的林盘转转，专门去那些卖便宜茶的茶铺里找人呢？

一吃过午饭，他就驱车去了 6 院（今民航飞行学院新津分院院部）背后的陈林盘，在林盘里东转西转。他本来已经跑过了那家茶铺，居然鬼使神差一般又颠转回去打听，这一打听，一位能说会道、举足轻重的知情人——83 岁的陈友清老人就浮出了水面。他还不放心，当下就跟陈友清摆谈了一会儿。待他确认之后，就打电话通知了我。次日上午，他用他的老摩托把我搭到了昨天约定的采访点。这位陈友清老人真是了不起，记忆力好，能说会道，热情、纯朴，本书中有关"民工生活实录"的那些过经过脉的细节都是他给我提供的。采访中，我偶尔说了一句"不着急，等会儿慢慢听你吹"。他立刻正色道："我是实事求是的哦，我一点不吹牛！"

如果说，我此前的心态是"山重水复疑无路"的话，从采访陈友清开始，我就已经是"柳暗花明又一村"了。我都不知道该怎样感谢我的这位老朋友了，要是没有他，我绝不可能形成这种行之有效的采访思路。

从此，我的采访进入到一种令人欣喜的良性循环状态。一进村，我这边的录音采访一开始，泽光就拿着他刚才打听来的受访人名单，去找到本人，先进行试探性的摆谈，能过得了他那一关的，再把人给我带过来。虽然5月中旬至7月中旬的天气特别的炎热，虽然喷火的日头经常把正忙于赶路的我俩炙烤得吱吱冒汗，我的这位朋友泽光，用摩托驮着我走村串户，在机场周边的一个个林盘里穿进穿出，最后终于完成了采访。我还记得那天去杨柳河边的孔家渡拍照，这渡口对面就是牧马山的狗脚湾，当年为了运输修机场用的黄泥巴，曾专门架过一道双轨木桥，这渡口多年前就废弃了。由于头晚下过雨，起先一路上都是碾烂的泥泞的机耕道，快近河边时变成了两尺宽的古道。古道从两边还未抽穗的水稻田穿过，长了薄薄的青苔，又滑又硬，令人发怵，弄不好就会人仰车翻，摔进水田。泽光硬是凭他娴熟的车技将我送到了目的地。

说实话，搭他的那辆老掉牙的嘉陵摩托是有点冒险的。因为挡位未退够，往往紧急刹车之后重新启动，它就会熄火，而此时我俩可能正夹在公路中间，机动车流正在身边来来往往。我俩还出过一次车祸哩。那是7月上旬的一天下午，我和他已经完成当天的采访胜利归来，却在县城东门外的德庄火锅外面撞了鬼。当时，指示直行的交通绿灯一亮，泽光就驱车向前。迎面有一辆公交车开来，岂料人行横道线上突然冲过来一个小伙子，泽光一惊，赶紧来了个急刹车，刹那间，我还没反应过

来，就连车带人"砰"的一声摔倒在路中间。一只后视镜被摔坏，我的一只裤管被撕裂，右腿3处流血。所幸的是，那名擅自横穿公路的小伙子没有被撞倒，他只是手臂受了点轻伤，否则，这事就不知该有多麻烦了。泽光从此倍加小心，把我侍候得有如熊猫一般。

本书得以顺利完成采访，我首先得感谢过去从未接受过任何采访的吕仲明、覃玉良夫妇和薛树铮、练治中等4位老人，正是他们的热情、无私的帮助，我才得以采访到极珍贵的新津机场的种种细节。

本书得以顺利完成采访，我要感谢我中学时的恩师、英语高级教师杨春孝老师，前县农机局局长刘思俊和老朋友王长青先生，前县政协文史资料委员会副主任童汝锷先生；还要感谢花桥镇、花源镇、五津镇的父老乡亲：陈友清、彭绍鑫、帅玉清、童吉成、王绍军、张家成、雷焕文、徐绍清、王国栋、米秀英、李桂英、王运田、刘金良、王纪忠、夏尚万、叶成元、张文全、冯友志、潘世明、夏进忠等所有接受过我采访的以及为我指过路、带过路、撵过狗的乡亲们。没有他们热情、无私的帮助，就不会有本书的问世。

本书得以完稿，我要感谢前成都市文化局创办主任陈泽远老师，是他找出并复印了有关文史资料的书籍邮寄给我，弥补了有关史料的细节。

本书所使用的部分特殊图片和文字资料，无法与原作者联系，谨在此表示特别的敬意和感谢，恳请原作者在看到本书后，联系编者收取稿酬。

鉴于本人的学识水平有限，加之缺少直接的历史档案的记录，以及采访不够充分等因素，本书对"二战"时期新津机场的记述难免挂一漏万，还望方家和读者诸君不吝赐教。